KB103759

괜찮아요, 숨을 쉬세요

괜찮아요, 숨을 쉬세요

초판 1쇄 발행 2021년 5월 7일

지은이	한지은 • 나수연 • 햇볕냄새 • 최시은 • 황아슬
발행처	키효북스
펴낸이	김한솔이
디자인	김효섭
주 소	인천시 부평구 부평대로 165번길 26, 1층 출판스튜디오 쓰는하루(21364)
이메일	two_hs@naver.com
블로그	https://blog.naver.com/two_hs
인스타그램	@writing_day_

ISBN 979-11-91477-04-7

한지은
나수연
햇볕냄새
최지은
황아슬

괜찮아요,
숨을
쉬세요

각자의 속도로 살 수 있다면
우리는 생각보다 괜찮은 사람일지도 모른다

키효북스

차 례

한지은　마음은 약하지만, 나는 약하지 않아　　7

나수연　고마워, 요가야　　47

햇볕냄새　생각보다 괜찮은 사람　　79

최시은　내 날개 위에 강아지가 올라탔다　　121

황아슬　내피셜: 너님에게 전하는 나님의 이야기　　153

에필로그　　199

한지은

화려하지 않게
차갑지 않게,
어두운 하늘을 비추는
달빛 같은 글을 쓰고 싶습니다.

마음은 약하지만,
나는 약하지 않아

프롤로그 : 삐 – 소리가 들리면

수술 전 마지막 샤워를 한다. 따뜻한 물줄기 속에서 조금 눈물이 흘렀는지도 모르겠다. 별일 아니라고, 나는 다시 돌아올 거라고 약해진 마음을 다독인다. 크게 숨을 내쉰다.

수술대에 누워 마취를 기다린다. 수술실은 예상보다 서늘하다. 간호사의 얼굴을 마지막으로 눈을 감는다. 이제 내가 할 수 있는 일은 없다. 어느 정도, 체념의 숨을 뱉어낸다.

눈을 뜨니 중환자실이다. 마취가 덜 깼는지 몸을 움직일 수 없다. 온몸에 매달린 튜브들 때문에 움직이고 싶어도 움직일 수 없다. 어디선가 삐 – 하는 낯설고 높은 기계음이 들린다. 간호사가 들어온다.

숨을 쉬셔야 해요. 깊이 들이쉬지 않으면 머리로 산소가 들어가지 않아서 위험해요.

의식적으로 깊게 숨을 들이쉰다. 쉽지 않다. 잠시 후, 다시 삐− 소리가 들리고 간호사가 들어온다. 그렇게 간호사는 몇 번이나 병실을 오간다.

자꾸 숨을 멈추시면 안 돼요.

나는 괜히 미안해진다. 그때부터 더욱 의식적으로 깊게 숨을 들이마신다. 코에는 산소통에 연결된 튜브가, 입에는 플라스틱 투명 마스크가 씌워 있다. 마스크의 차갑고 딱딱한 느낌이 낯설다. 숨을 쉬는 일, 태어나서 지금까지 늘 해오던 그 일, 깊이 들이마시고 내뱉는 일, 지금 나에겐 그 일이 가장 중요하다.

숨을 쉬자.
그리고 마음을 굳게 먹자.

어느 풍경

　지난해, 우리 가족은 코로나를 피해 집에 머물러야 했다. 해야 할 일은 늘어만 갔고, 처음 겪어보는 위험한 상황으로부터 나와 가족들을 지켜야 했다. 나이 든 고양이의 화장실을 치우고, 틈틈이 수조 속 두 마리 거북이도 들여다보았다.

　시간은 흘렀고 여름이 와도 상황은 나아지지 않았다. 우리는 시원한 물놀이와 함께였던 지난여름을 그리워했다. 전염병과 더위는 몸보다 마음을 더 지치게 했다. 그 무렵 아이들이 강아지를 키우고 싶다고 했다. 하지만 집에는 이미 나이 많은 고양이가 살고 있었다. 또 다른 생명을 책임질 자신이 없어, 강아지는 고양이가 무지

개다리를 건너면 생각해보자고 아이들을 설득했다. 아이들의 실망한 표정을 보니 마음이 약해졌다. 아이들이 이번에는 도마뱀을 키우고 싶다고 졸랐다. 살아 있는 벌레를 줘야 해서 도마뱀은 절대 안 된다고 했는데 사료를 먹는 작은 크레스티드 게코라는 도마뱀이 있다는 것을 알게 되었다. 여름비가 내리던 어느 날, 우리 가족은 들뜬 마음으로 차를 몰아 파충류 분양소에 도착했다. 그리고 그곳에서 새끼도마뱀 '코리'를 만났다.

코리는 내 새끼손가락만 했고 물에 갠 사료를 먹었다. 코리가 집에 오고 우리는 서로 코리에게 밥을 먹이겠다고 소동을 벌일 만큼 기분이 나아졌다. 나 역시 손바닥 위에서 쌀 두세 톨 정도의 사료를 열심히 받아먹는 작은 생명체에 푹 빠지고 말았다. 하지만 행복했던 순간은 예기치 못한 사건으로 끝이 났다. 더위에 약한 코리를 위해 사육통에 담아둔 아이스팩이 녹으면서 코리가 깔리고 만 것이다. 처음 코리를 발견한 순간 나는 다시 숨이 막히는 기분을 느꼈다. 코리의 죽음에 슬퍼할 아이들의 마음도, 무거운 것에 눌린 채 숨이 막혔을 코리의 고통도 고스란히 느껴졌다.

나는 그날 처음으로 아이들 앞에서 눈물을 펑펑 흘리며 울었다. 아무리 힘든 일이 있어도 아이들 앞에서는 절대 울지 않던 나였는데 말이다. 한 달이 채 되지 않는 시간을 함께한 그 작은 도마뱀의 죽음에 나는 무너져 내렸다. 생각해보면 이상했다. 그렇게까지 슬플 이유는 없었을지도 몰랐다. 그때 나는 도마뱀의 고통과 아이들의 슬픔까지 다 끌어안고 있었던 것 같다. 나는 공감 능력이 너무 발달한 사람, 마음이 너무 약한 사람이기 때문이다.

내가 초민감자라고?

한 사람을 온전히 이해할 수 있을까? 오랜 세월 동안 수많은 철학자와 심리학자, 정신분석학자 등이 답을 찾고자 했지만, 결론은 나지 않았다. 나 역시 같은 답을 할 수밖에 없다. '나는 나를 모른다'라고. 하지만 백 퍼센트는 아니어도 나에 대해 알고 싶었다. 나는 물병자리에 AB형이다. MBTI 검사 결과는 열정적인 중재자(INFP)형이다. 세 가지 성격의 특징들을 살펴보니 나란 사람이 조금 보이는 것도 같았다. 그래도 여전히 부족했다. 사라진 퍼즐 조각을 찾아야 했다.

초민감자라는 단어를 처음 알게 된 건 책 소개가 실린 인터넷 기사를 본 후였다. 기사의 내용이 나와 너무 닮아 바로 책을 사 읽어보았다. 아, 내가 이랬구나, 하는 순간들이 책 안에 가득했다. 물론 나란 사람을 하나의 단어로 표현하는 것은 불가능하다. 하지만 나의 어떤 성향이나 행동이 초민감자의 그것과 겹치는 부분이 많았다. 한국어로 '초민감자'라고 번역된 단어 'Empath(앰패스)'의 영어 사전상 정의는 공감 능력이 매우 뛰어난 사람이다. 내 생각에 초민감자라고 번역된 단어에는 약간의 부정적인 의미가 포함된 것 같다. 일반적으로 '민감하다'는 말에 어느 정도 부정적 뉘앙스가 있는데 거기에 '초'까지 붙은 초민감이라니, 나라도 그런 사람과는 어울리고 싶지 않을 것 같다. 나는 이 글에서는 초민감자라는 단어보다는 '마음이 약한 사람'이라는 단어를 사용하려고 한다.

우선 내가 어떤 점에서 초민감자라는 단어에 공감하게 됐는지부터 말해야겠다. 〈나는 초민감자입니다(원서 제목 : *The empath's survival guide*)〉의 저자인 정신과 전문의이자 UCLA 임상교수 주디스 올로프가 말하는 초민감자의 정의는 아래와 같다.

'초민감자는 감정이입이 지나쳐서 타인의 감정을 흡수해, 마치 자신의 감정인 것처럼 느끼며 고통받는 사람들이다. 단순한 공감 능력과는 달리 아무런 방어막 없이 타인의 부정적인 감정과 에너지, 신체 증상까지도 자신의 몸으로 고스란히 받아들이는 사람들이다. 그럼으로써 쉽게 지치고 상처받는다.… 사람뿐만 아니라 동물이나 날씨, 지구, 꿈 등에 민감한 초민감자도 있다.… 수준은 달라도 인간은 누구나 어느 정도의 민감성을 지니고 있다. 그중에서도 초민감자는 세상의 괴로움과 즐거움을 가리지 않고 빨아들이는 감정의 스펀지다. 초민감자의 신경계는 극도로 민감하다. 마치 물체를 움켜쥔 손가락이 다섯 개가 아닌 오십 개인 것에 비유할 수 있다.… 초민감자는 모든 것을 지나칠 정도로 감지하며, 타인과 나 사이를 막아주는 방어벽이 아주 낮다. 자주 과도한 자극을 받아 압도되고, 기진맥진하거나 감정의 과부하에 걸리기 쉽다. 하지만 세상은 이렇게 민감한 사람들에게 호의적이지 않다. 오히려 민감성을 업신여기며 어려서부터 잘못된 성격이라고 생각한다.… 만성피로에 시달리고 세상이 너무 위압적으로 느껴져 수시로 도망치고 싶어 한다.'

　　책을 읽고 난 후, 나는 내가 왜 그렇게 사람들 사이, 특히 부정적이거나 위압적인 사람들 사이에 있을 때 힘들고 괴로웠는지 알게 되었다. 민감한 나를 배려해주지 않는 가족이나 학교와 회사에서 얼마나 지쳤었는지도 알게 되었다. 게다가 초민감자는 뛰어난 공감 능력 때문에 다른 사람을 도와주거나 그 사람의 고통을 없애려고 무의식중에 노력한다고 한다. 나 역시 동정을 바라는 불쌍한 사람들을 그냥 지나치지 못했고, 가까운 사람 중에 힘든 일이 있으면 나서서 문제를 해결하려 애써왔다. 그들이 느끼는 고통이 내게도 고스란히 느껴졌기 때문이다. 그렇게 하는 게 자연스러웠고, 남들도 다 그렇게 살고 있을 거라고 믿었었다. 그러다 보니 남의 고통을 덜어주기 위해 정작 나의 고통은 제대로 돌보지 못하고, 남의 감정에 압도되어 몸이 아프거나 마음에 큰 상처를 입은 채 살아왔다.

이젠 나를 더 알게 되었지만 여전히 나를 다 안다고는 할 수 없었다. 뭔가 부족했다. 이 부분이 바로 내가 태어나고 자란 어린 시절과 지금까지 살아온 삶에서 경험했던 모든 관계를 통해 만들어진 나만의 특수성일 것이다.

착한 아이 콤플렉스

어린 시절, 엄마는 혼자 오빠와 나를 키워야 했다. 엄마의 모든 삶의 중심은 먹고 사는 일에 맞춰졌다. 엄마는 아침부터 밤늦게까지 일을 했고, 어린 나는 혼자라는 사실에 익숙해져야 했다. 물론 엄마가 집에 돌아온 후에도 투정을 부리거나 따뜻한 위로를 바랄 수는 없었다. 나는 스스로 강해져야 했고, 여자라는 이유로 집안일들을 도와야 했다. 불평은 할 수 없었다. 그러기엔 엄마가 내뱉는 한숨이 너무 깊었고, 어린 내가 듣기에도 그 숨소리가 절망적이었기 때문이었다. 그때부터 착한 아이가 되겠다고 결심했던 것 같다. 어떤 문제도 일으키지 말자고, 내가 원하는 것보다는 남들이 원하는 일을 하는 사람이 되자고 말이다. 엄마는 그런 나를 보며 착하다고 했다. 그 말이 앞으로의 내 삶을 얼마나 옭아맬지는 알지 못했을 것이다. 그렇게 나의 착한 아이 콤플렉스는 오래도록 나를 숨 막히게 했다. 너무 어린 나이에 어른이 되어야만 했다. 아니 진짜 어른이 될 수는 없었으니, 어쩔 수 없이 어른 흉내를 내야만 했다.

학교 역시 나에게 친절한 곳은 아니었다. 여고 1학년 때였다. 우연히 과산화수소로 머리를 염색할 수 있다는 걸 알게 되어 호기심에 친구들과 머리에 과산화수소를 뿌려 봤었다. 머리카락 색은 예상만큼 변하지 않았다. 햇볕을 받으면 서서히 머리가 탈색된다는 것을 알지 못했다. 당시 나는 날라리도 아니었고, 중간 이상의 성적을 내는 그저 보통의 호기심 많은 여학생이었다. 지금도 그 피아노 시간을 잊지 못한다. 학생 주임이던 남자 음악 선생은 내 머리를 보며 일어서라고 하더니, 아무것도 묻지 않고 내 따귀를 때렸다. 너무 순식간에 일어난 일이었다. 반 아이들 모두 놀라 숨을 죽였다. 나 역시 숨을 멈출 수밖에 없었다. 그 후 아무 일 없었다는 듯 피아노를 치던 그 선생의 살찐 뒷모습을 지금도 잊을 수 없다. 음악 시간이 끝나고 그를 따라 교무실로 갔다. 그는 우리

반 담임선생님에게 성적을 물어보고는 더 이상의 체벌은 하지 않았다. 나에게 학교는 그 한 장면으로 기억된다. 지금도 그곳에서 만났던 권위적이고 폭력적인 선생들을 기억한다. 학생선도라는 이유로 가해지던 폭력은 군대에서나 가능한 일이 아니었을까 생각한다.

그때 그 선생이 다른 방식으로 나를 대했다면 어땠을까, 생각해본다. 그 사람뿐 아니라 다른 선생님들도 마찬가지였다. 아이들이 모두 보는 앞에서 아빠가 없거나 집안 형편이 좋지 않은 사람은 손을 들라던지 하는 일이 매 학년을 올라갈 때마다 반복됐다. 그런 일이 누군가에게는 평생의 고통이 될 수도 있다는 걸 왜 생각조차 하지 않았던 것일까. 세상엔 공감 능력이 부족한 사람들이 많다는 걸 학교를 통해 알게 되었다. 내가 교육학을 공부하고도 교사가 되지 않았던 이유 중 하나는 단순히 지식을 가르치는 일은 쉬울 수 있지만, 가르치는 사람의 내면까지 보듬어 안아줄 수 있는 스승이 되는 일은 생각보다 어려운 일이라는 것을 깨달았기 때문인지도 모르겠다.

대학을 졸업할 무렵에 나는 아웃사이더가 되어 있었다. 물론 처음부터 그랬던 건 아니었다. 긴 수험 생활이 끝났고, 봄과 함께 찾아온 캠퍼스 생활은 열아홉 여자아이의 마음을 들뜨게 하기에 충분했다. 하지만 대학교 역시 기대와는 달랐다. 매일 이어지던 과 모임은 대부분 술자리로 끝이 났고, 여러모로 아직 어리숙했던 나는 싫어도 온갖 모임에 참여하는 착한 신입생 역할을 했다.

입학 초기였다. 신입생이 한 명씩 무대로 나가 자기소개와 장기자랑을 해야 했다. 중고등학교에서는 겪어보지 못한 일이었다. 다행히 뒷번호여서 다른 동기들의 모습을 보며 남몰래 한숨을 내쉬고 있었다. 남 앞에 서는 걸 싫어했던 나는 선배들이 건네주는 맥주 한잔을 비우고 나서야 어느 정도 마음을 진정할 수 있었고, 쓰러지지 않고 노래 한 곡을 끝낼 수 있었다. 그게 시작이었다. 긴장하거나 어색한 순간들이 생길 때마다 나를 무디게 하는 무언가가 필요했다. 교생실습을 할 때는 강단에 서기가 두려워 우황청심환을 먹었고, 이러지도 저러지도 못하는 순간에는 얼굴과 온몸이 경직되거나 갈라진 목소리가 튀어나오는 내 모습에 자괴감을 느끼기도 했다. 나를 지켜보는 눈빛 속에는 호의만 존재하는 게 아니었다. 어디 한번 볼까, 하는 사람들의 차가운 비판도 함께 느낄 수 있었다. 그걸 견뎌내기가 쉽지 않았다.

언젠가부터 혼자 밥을 먹는 게 좋았고, 혼자 여행을 가고, 혼자 영화관에 가는 일이 편해졌다. 매일 그럴 수는 없었지만, 가끔씩 그런 방식으로 타인으로부터 나를 지켜내고 있었다. 그때는 아직 혼밥이나 혼술 같은 말이 생기기 전이었고 혼자 무언가를 하는 사람을 보면 오히려 사회부적응자라는 이상한 시선을 보내던 시절이었기 때문에 억지로라도 다른 사람들과 어울려야 했다. 대학에서 새로운 친구를 만나기도 했고, 다른 이들과 즐거운 시간을 보내기도 했지만, 때때로 알 수 없는 공허함 내지는 힘든 감정이 몰려왔다.

어른의 시간

사회생활 역시 만만치 않았다. 막연하게 글을 쓰고 싶다는 꿈이 있어, 대학을 졸업한 후 국문과 대학원에 입학했지만, 글을 쓰기보다는 연구하는 일이 주였던 학교에 맞지 않아 그만두고 직장생활을 시작했다. 첫 직장은 책과 관련된 작은 벤처 회사였다. 일은 재미있었지만, 윗사람과의 관계는 어려웠다. 나이 많은 관리자들은 권위적이었으며 틀에 박힌 생각으로 행동했고, 그런 환경에 적응하기가 어려웠다.

첫 번째 직장에서 퇴사한 후 테헤란로에 있는 다른 벤처에 입사했다. 젊은 CEO가 창업한 회사였다. 하지만 분위기는 크게 다르지 않았다. 나이의 많고 적음의 문제가 아니었다. 사람이 문제였다. 나와 나이가 비슷했던 사장은 학교를 휴학하고 사업을 시작했었다. 나는 그곳에서 한 여직원과 친구가 되었고 그 친구와 무슨 비밀이든 나누는 사이가 되었다. 그 친구가 있어 회사가 다닐만한 곳이라고 생각하게 되었다. 하지만 몇 개월이 지난 후, 우연히 친구가 사장의 오랜 여자친구였다는 사실을 알게 되었다. 모든 걸 알면서도 내가 하는 회사나 사장 얘기를 듣고 맞장구를 치던 걸 생각하니 큰 배신감이 느껴졌다. 결국 사람을 너무 믿으면 안 된다는 교훈 하나를 얻고 그 회사에서 나왔다.

그 후 입사한 회사는 대기업이었는데, 입사 후 매일 치마를 입으라고 했다. 차라리 정식 유니폼이 있다면 모를까, 여직원에게 치마를 강요하는 회사라니 이해가 되지 않았다. 회사의 상사들 대부분은 근무시간 내내 주식 화면만 보고 있었다. 그곳에서는 임원 비서였던 친구와 친해졌는데 자신은 비서라 치마를 입는 게 어쩔 수 없지만 너는 힘들겠다고 나를 위로했다. 나는 결국 치마 살 돈이 아깝다는 핑계로(사실은 너무나 남성 위주의 권위적인 회사 분위기를 견딜 수 없어서) 회사를 그만두었다. 그 후에도 몇 곳의 회사에 다녔다. 나는 웬만하면 모든 일을 나서서 하려 했고 누구에게도 싫은 소리를 듣거나 하고 싶지 않았다. 하기 싫은 일도 상대가 부탁하면 마음이 약해져서 거절할 수 없었다. 내 감정을 무시한 채 그저 좋은 사람이기만을 바랐었다. 누구에게나 친절하려고 애쓰고 하기 싫은 일도 억지로 하는 게 나를 아프게 하는 일이라는 걸 그때는 알지 못했다.

대학을 졸업하던 해 지금의 남편을 만나 4년의 연애를 하고 결혼을 했다. 결혼 후 외국에 잠시 머물다 돌아와 둘 다 직장을 구하고 맞벌이를 했다. 결혼 역시 사람과 사람, 집안과 집안이 얽히는 일이었고, 그 역시 쉽지는 않았다. 시간이 해결해주겠지, 바라던 문제들은 시간이 지나도 해결되지 않았고 마음에 상처만 쌓여갔다.

몇 년 후 쌍둥이 여자아이들이 태어났다. 아이들은 예민했다. 조리원을 나오던 날, 조무사선생님이 내게 집에 가면 고생 좀 할 거라는 말을 할 정도였다. 조리원에 있는 동안은 산모가 쉬어야 하니까 말을 안 했지만, 아이들이 밤마다 울었다고 했다. 아이들을 안고 집에 들어선 그날부터 시작이었다. 아이들은 마치 등에 센서가 달린 듯 바닥에 눕히기만 하면 자지러지게 울기 시작했다. 화장실에 가거나 밥을 먹으려고 잠시 바닥에 눕히기라도 하면 우는 아이 때문에 아무것도 할 수가 없었다. 게다가 낮과 밤이 바뀐 아이들은 밤새 깨어 있다 아침 해가 밝아서야 잠이 들었고 잠귀가 밝아 조금만 부스럭거려도 깨어났다. 잠을 못 자면 시체가 되는 나는 며칠 만에 신경이 바늘 끝처럼 날카로워졌다. 거기에 두세 시간마다 두 아이를 양쪽에 안고 모유 수유를 하려니 하늘이 노랗게 보일 지경이었다. 아이들은 안아서 재우지 않으면 잠이 들지 않았다. 그렇다고 아이들이 우는 데 무시할 수도 없었다. 아이가 울면 어떻게든 해 주고 싶었지만, 말이 통하지 않으니 너무 답답했다. 내 마음만 무너졌다.

돌이 지날 무렵에는 앞뒤로 아기 띠를 매고 두 명을 업는 일도 익숙해졌다. 그렇게 아이들을 업고 육아서를 읽기 시작했다. 보이지 않는 길을 찾고 싶었다. 도대체 인간은 왜 이런 행동은 하는 것일까. 어떻게 해야 아이들을 잘 키울 수 있을까. 그렇게 시간은 흘렀고 아이들은 커갔다. 다행히 두 돌이 지나면서 낮밤이 제자리를 찾았다. 저녁이면 남편과 아이 한 명씩을 안고 동네를 한 시간씩 걸었다. 그제야 아이들은 잠이 들었다. 그런 아이를 조심조심 자리에 눕히다가 다시 깨는 경우도 허다했다. 그러면 다시 아이가 잠들 때까지 안아주는 일의 무한 반복이었다. 아이들이 잠들고 나면 조용히 거실로 나와 저녁을 먹고 잠시나마 쉴 수 있었다. 물론 자다 깨거나 새벽에 깨어나는 일이 다반사였지만 말이다. 그렇게 몇 년 동안 나의 수면의 질은 엉망이 되어갔다.

몇 년 전, 나는 큰 수술을 받았다. 그리고 깨달았다. 내가 나를 너무 아프게 했다는 것을. 살아야만 했다. 아이들을 위해서, 아니 무엇보다 나 자신을 위해서. 사회생활과 결혼, 출산과 육아라는 과정을 거치는 동안 나는 늘 누군가와 함께여야 했다. 원하든 원하지 않든, 내가 좋아하는 사람이거나 싫어하는 사람이거나 내 옆에는 늘 누군가가 있었다. 되돌아보니 행복한 순간도 있었지만, 힘든 순간도 많았다. 더는 버티기 어려운 순간, 내 몸이 '병듦'이라는 신호를 보내왔다.

그 후 여러 책을 읽었다. 몇 년 동안 읽어왔던 육아서나 동화책이 아닌 나를 위한 책들을 펼쳤다. 상처받은 내 안의 내면 아이를 치유하고 더는 아프지 않게 하기 위한 책들이었다. 치료를 위해서는 우선 나를 알아야 했다. 내가 어떤 사람인지, 무엇에 약하고, 무엇을 싫어하고, 무엇에서 행복을 느끼는지, 진정 원하는 게 무엇인지. 그리고 깨달았다. 나에게 필요한 건 '혼자만의 시간'이라는 것을.

혼자만의 시간이 필요해

혼자 있을 시간이 필요하다는 답은 얻었지만 쉬운 일은 아니었다. 아이들은 아직 어리고, 코로나라는 환경 때문에 집안에만 갇혀 지내는 날들이 계속되고 있기 때문이다. 또다시 숨이 막히는 기분이 들었지만, 무너질 수는 없었다. 내가 할 수 있는 일들을 찾아야 했다.

나에게 혼자일 수 있는 가장 쉬운 방법은 바로 책 읽기다. 어려서는 TV에서 방영하는 만화영화를 많이 봤다. 〈엄마 찾아 삼만리〉, 〈사랑의 학교〉, 〈빨간 머리 앤〉, 〈보물섬〉 같은 명작들도 만화로 처음 접했다. 당시에는 근처에 도서관도 없었고, 집에도 책이 없었기 때문에 책보다는 만화영화를 보며 상상의 세계를 꿈꿨다. 만화 주인공들은 내겐 친구이자 가족이었다. 생각해보니 나의 첫사랑도 첫 친구도 만화 속 캐릭터였던 것 같다. 〈엄마 찾아 삼만리〉의 주인공 마르코처럼 엄마를 찾아 떠나는 여행을 꿈꾸기도 했고, 〈알프스 소녀 하이디〉의 하이디와 함께 푸른 들판을 뛰노는 모습을 그려보기도 했다. 〈플랜더스의 개〉에서 추운 겨울 파르라슈와 네로가 죽어가는 장면을 보며 눈물을 쏟기도 했다. 생각해보면 그 친구들 덕분에 아주 외롭지만은 않은 어린 시절을 보낼 수 있었다.

본격적으로 책을 읽은 건 스무 살 무렵이었다. 그때는 오직 소설에 푹 빠져 살았다. 책 속에서 펼쳐지는 인물들의 이야기가 너무 흥미롭고 신기했다. 소설 속 세상을 통해 주변의 이해할 수 없던 모습을 조금이나마 이해할 수 있었다.

책을 읽기 위해서는 온전히 혼자만의 시간이 필요하다. 누구와도 같이 책을 읽을 수는 없다. 물론 아이들에게 동화책을 읽어주거나 낭독하는 경우는 예외지만, 책을 읽기 위해서는 혼자가 되어야 한다. 나는 언제나 힘든 일이 생기면 책부터 찾는다. 도서관이나 서점에 들러 어떤 책을 읽어야 해답을 찾을 수 있을지 고민한다. 요즘에는 실용서나 에세이, 인문학, 경제경영서까지 가리지 않고 읽는다. 그 속에서 또 한 번, 어쩌면 소설보다 더 소설 같은 삶을 살아가는 사람들의 모습을 발견한다. 그래도 여전히 나에게 매혹적인 이야기는 소설이다. 소설책 속의 멋진 이야기 한 편을 읽고 나면 웬만한 치료제보다 더 큰 힘과 위로를 얻는다. 이야기 속에 푹 빠져 주인공이 되는 상상을 한다. 〈노인과 바다〉의 노인이었다면 나는 끝까지 낚싯대를 놓지 않을 수 있었을까? 〈달과 6펜스〉의 스트릭랜드였다면 가족을 버릴 수 있었을까? 〈이방인〉의 뫼르소라면 엄마의 장례식장에서 울지 않을 수 있을까? 〈기나긴 이별〉의 필립 말로였다면, 〈패트릭 멜로즈〉 시리즈의 패트릭이었다면, 〈호밀밭의 파수꾼〉의 홀든이었다면, 〈빌러비드〉의 주인공이었다면 어땠을까? 〈좀머 씨 이야기〉의 '그러니 날 좀 가만 내버려 두란 말이요!'라고 외치던 좀머 씨의 말도 오래도록 내 머릿속에 남아있다. 너무 많은 캐릭터가 내 안에 살아 있어 일일이 꺼내 보기가 어렵다. 앞으로도 끝없이 펼쳐지는 이야기를 읽으며 '나였다면'이라는 상상을 할 것이다.

혼자 있고 싶을 때면, 책을 펴든다. 그 속엔 내가 꿈 꾸거나 바라던 세상이 펼쳐지고, 내가 닮고 싶은 누군가 의 모습이 그려진다. 게다가 온전히 혼자서 모든 모험과 위기와 로맨스를 경험하는 행복한 시간이기도 하다.

다음으로 내게 혼자인 시간은 바로 잠들어 꿈을 꾸 는 시간이다. 나처럼 신경이 예민하고 마음이 약한 사람 들에게 잠은 그 무엇보다 중요하다. 푹 자고 일어나는 것만으로도 몸이 한결 좋아지는 것을 느낀다. 우선 예민 했던 신경이 잠을 통해 안정된다. 불면증이 생길 만큼 불안하거나 어려운 문제가 있어도 일단은 자려고 노력 한다. 평일이 어렵다면 주말만이라도 내 몸이 스스로 깨 어나는 시간까지 늦잠을 잔다. 그래야 깨어 있을 때 해 결해야 할 문제에 집중할 수 있다. 안정된 머리와 마음 으로 문제를 다시 바라보면 생각지 못한 해결책이 떠오 르기도 한다.

나는 매일 충분한 시간을 잠에 할애한다. 성인은 평균 하루 7~8시간 정도의 수면시간이 필요하다고 한다. 나는 보통 8시간 이상은 자려고 노력하는데, 10시에서 11시 사이에 잠이 들어 7시쯤 일어난다. 하지만 몸이 아프거나 힘든 일이 있을 때는 시간에 상관없이 잠자리에 든다. 가벼운 몸살 정도는 따뜻한 차 한잔을 마신 후 푹 자고 일어나면 언제 그랬냐는 듯 나아진다. 내 몸이 원하는 건 그리 대단한 게 아니라는 걸 안다. 그저 충분한 잠과 휴식이라는 것을.

잠을 자는 건 꿈을 꾸는 일이기도 하다. 나는 가끔 꿈을 통해 미래를 보는 경험을 한다. 가족이나 친구들과 관련된 꿈을 꾸기도 하는데, 오래 연락을 하지 않던 친구의 꿈을 꾸고 난 후에 친구에게서 전화가 오거나 하는 식이다. 다음 날 일어나는 어떤 장면들을 꿈을 통해 보기도 한다. 내가 아직 해석할 수 없는 꿈이 대부분이지만, 초민감자가 꿈을 통해 미래를 예견하거나 집단 무의식에 연결된다는 사실을 알고 나서는 꿈이 내게 말하고자 하는 바가 무엇인지 예민하게 느끼려고 노력 중이다.

꿈을 꾼 아침이면 급하게 바로 일어나기보다는 기억나는 장면을 다시 한번 생각해보거나 꿈 노트를 준비해 생각나는 걸 적어둔다. 당장은 의미가 없을 수도 있지만, 종종 시간이 지난 후에 '아, 그 꿈이 이런 뜻이었구나' 하고 깨닫게 되는 경우가 있기 때문이다.

잠과 꿈을 통해 자신을 치유하고, 더 나은 하루를 시작할 수 있다.

누군가에게 상처 입은 마음은 다른 누군가가 아닌 나만이 치유할 수 있다고 생각한다. 그러려면 우선 내 마음에 난 상처가 무엇인지부터 알아야 한다. 꽤 오랜 시간 나는 내가 가진 상처들과 대면하기를 두려워했다. 웬만해선 그냥 넘기거나 묻어두었다. 하지만 이제는 용기를 갖고 나를 힘들게 하는 것들과 대면하려고 노력한다. 그러기 위해서는 일단 가벼운 옷차림에 운동화를 신고 현관문을 나선다. 그리고 근처에 있는 공원을 향해 걷는다. 걷는다는 단순한 일에 집중하다 보면 어느샌가 복잡했던 마음이 정리되고, 고개 들어 먼 하늘을 바라보는 것만으로도 머릿속이 가벼워지는 기분이 든다. 그리고 가만히 내 마음에 쌓인 생채기들을 열어본다. 물론 상처에 아무 약도 바르지 못한 채 덮어야 하는 경우도 많다. 하지만 적어도 상처가 거기 있다는 사실을 아는 것만으로도 마음은 한결 나아진다.

봄이면 주변에 가득 핀 꽃과 나무들 사이로, 여름이면 뜨거운 햇살과 쏟아지는 빗속에서, 가을이면 짙게 내려앉는 석양을 등지고 걷는다. 겨울이면 눈 덮인 텅 빈 길 위에 발자국을 남기며 내 마음을 바라본다. 무언가 대단한 것을 얻으려 하지 않고, 그저 가만히 마음이 하는 소리에 귀를 기울인다. 누군가 산책을 명상이라고 했는데, 나에게도 그렇다. 산책하며 그저 주변을, 사람들을 바라보기만 하는 것만으로도 큰 위로가 된다.

오늘도 나는 밥을 먹듯이 자연스럽게 산책을 나선다. 대단히 힘들거나 대단히 큰 문제가 있어서도 아니고, 운동을 목표로 하는 일도 아니다. 나는 그저, 걷는다는 행위를 통해 나에게로 조금 더 가까이 다가간다. 발바닥에 밟히는 작은 돌멩이 하나에서도 살아 있음을 느낀다.

함께여도 괜찮아

국립공원 캠핑장에서 잠드는 밤. 어둠이 내리면서 나무들 사이로 은은한 달빛이 스며온다. 하늘에 구멍이 뚫린 듯 크고 밝은 보름달이 구름 사이에서 불쑥 나타난다. 저절로 탄성이 나오는 밤이다. 장작은 타닥타닥 타들어 가고, 출렁이는 불꽃을 바라보는 내 마음은 한결 차분해진다. 어디선가 이름 모를 새의 울음소리가 들려오고, 이 숲의 숨은 주인인 야생동물들이 덤불 사이를 뛰는 소리에 놀라기도 한다. 텐트에 누워 계곡물이 밤새 흐르는 소리를 듣는다. 개구리가 짝을 찾는지 밤새 운다. 눈을 감고 깊은 잠이 찾아오기를, 나를 이끌 꿈이 찾아오기를 기다린다. 아침에도 어김없이 자연의 소리에 잠이 깬다. 새는 부지런히 지저귀고, 새만큼 부지런한 길고

양이가 텐트 주변을 맴도는 소리도 들린다. 가만히 눈을 감고 소리에 귀 기울인다. 세상 어떤 음악이 이보다 감동적일까. 숲에 들어와서야, 자연과 함께여야만 깨달을 수 있는 아름다움이다.

이십 대부터 산을 좋아했다. 등산이라 거창하게 부르지 않아도 그저 숲을 걷고 산을 오르는 일이 편했다. 회사가 쉬는 주말마다 근처 산에 올랐다. 3시간 정도 숲에서 쉬고 나면 다음 한 주를 버틸 수 있었다. 외국에 머물 때도 오지 트레킹이나 마운틴 하이킹을 많이 했었다. 한여름 지리산을 종주하며 흘렸던 땀과 한겨울 눈 덮인 한라산을 오르며 흘린 땀을 기억한다. 8년 전 아이들과 함께 시작한 캠핑은 어느새 300번을 앞두고 있다. 그때는 알지 못했다. 숲과 나무가 나를 치유하고 있었다는 것을 말이다. 그저 산에 오르는 일이 좋았고, 숲에 들어가 나무들 사이에서 잠들거나 쉬는 게 좋았다. 산만큼이나 물도 좋아한다. 물속에서 편안함을 느낀다. 숨을 참고 물속에 잠기는 순간 펼쳐지는 진공의 시간과 물을 통과하는 투명한 빛의 물결이 만들어내는 무늬를 좋아한다.

지치고 힘든 날이면 욕조에 뜨거운 물을 받고 앱솜 솔트라는 미네랄 소금을 푼다. 앱솜 솔트는 나처럼 예민하고 민감한, 그래서 사소한 일에도 에너지를 많이 소비하고 지치는 사람에게 일종의 자가치유 효과가 있다고 한다. 마음이 서늘해진 날이면 온몸을 따뜻한 물에 담근다. 이제 눈을 감고 다른 곳을 떠올려본다. 어딘가 먼 나라의 겨울 들판, 뜨거운 김을 뿜어내는 온천에 앉아 있다고 상상해본다. 저 멀리 키가 큰 나무들이 빽빽이 들어선 숲이 보이고, 그 너머에는 푸른 바다가 보인다. 어디선가 이국의 새가 긴 울음을 운다. 눈을 뜨면 욕조 타일이지만, 잠시라도 물의 품에서 쉬어본다.

자연만큼 함께 하며 나를 쉬게 하는 게 있을까. 숲과 바다가 어우러지는 곳에 집을 짓고 사는 게 내 삶의 마지막 장면이기를 바란다.

새로운 가족을 맞았다. 치와와 '치노'이다. 청소년기 이후 내 삶 대부분에는 반려동물이 있었다. 지금처럼 반려동물에 대한 인식이 좋았던 시절도 아니었고, 형편도 좋지 않아, 조금은 열악한 환경에서 지냈던 것 같아 생각하면 미안한 마음이 앞선다. 아마도 나에겐 동물을 좋아하고 소통할 수 있는 초민감자의 기질이 있는 것 같다. 지금은 함께 늙어가는 고양이 한 마리와 거북이 두 마리, 아직 어린 강아지 치노와 함께 살고 있다. 만약 코리가 죽지 않았다면 도마뱀 한 마리도 함께였을 것이다.

치노가 처음 집에 왔을 때가 생각난다. 너무 여리고 작아서 잘못되면 어쩌나, 하는 걱정에 잠을 설쳤었다. 몇 달 전 도마뱀 코리를 떠나보냈기 때문에 더 마음이 쓰였다. 다행히 치노는 아직 큰 탈 없이 잘 자라고 있다. 새삼 느끼는 거지만 내가 키운 반려동물들도 나와 비슷한 면이 많았던 것 같다. 주인을 닮는다기보다는 타고 나기를 예민하게 태어난 동물들에게 내가 끌렸던 건 아닌가 싶다. 처음엔 그걸 모르고 산책을 시켜야 한다고, 사회성을 길러야 한다고, 공원으로 데려가거나 애견카페에 데려가기도 했다. 하지만 그럴 때마다 치노는 강하게 거부했고, 어떨 때는 우리 가족을 물기도 했다. 그만큼 싫다는 표현이었던 것 같다.

치노도 나만큼이나 예민한 강아지다. 겁이 많아 산

책을 나가도 다른 강아지와 어울리기보다는 내 뒤로 숨거나, 상대에게 가까이 오지 말라며 짖는다. 작은 견종인 치와와로 살아가기에 세상은 너무 크고 무서운 곳인지도 모르겠다. 내가 치노를 알아봤듯 치노도 나처럼 마음 약한 주인을 알아봤을 것이다. 이 사람 곁에 있으면 안전할 거라고 말이다. 치노를 품에 안고 있으면 두 개의 심장이 맞닿아 뛰는 걸 느낀다. 치노도 나도 서로의 엄마가 되어 품을 내어준다. 눈도 뜨기 전에 어미와 떨어져 세상과 마주했을 작은 강아지를 보며 나는 나를 보듯 마음이 아리다. 아무것도 바라지 않는 두 존재가 서로를 믿고 서로를 내어준다. 함께 있어도 자연스럽게 편한 숨이 내쉬어진다.

아이도 그렇지만 강아지가 잠들어 있는 모습은, 보는 것만으로도 슬며시 미소가 지어지는 장면이다. 가슴이 작게 부풀어 올랐다 내려가는 그 작은 물결을 보며 다행이라는 생각을 한다. 이렇게 나를 믿고 편하게 잠들어 있는 생명이 곁에 있음에 감사한다. 나의 예민하던 신경도 약한 마음도 보드라운 털을 쓰다듬는 이 순간만은 잊을 수 있다.

함께여도 즐거운 시간이 있다. 바로 책을 읽고 의견을 나누는 독서 모임에 참여하는 시간이다. 같은 책을 읽고도 사람마다 얼마나 다른 생각을 하는지, 좋아하는 책을 매개로 사람을 알게 되는 게 즐겁다. 또한 내 생각에만 매몰되지 않을 수 있는 좋은 기회라고 생각한다. 나처럼 마음 약한 사람에게는 독서 모임의 멤버가 중요한데, 서로의 의견을 존중해주고 경청해 주는 사람들과 함께한다면 마음을 다치지 않는 독서 모임을 할 수 있는 것 같다. 물론 그런 모임을 찾는 일이 쉽지는 않지만, 그렇다고 도망치기보다는 한걸음 뒤에 서서 바라보는 일을 즐기려 한다. 내 마음에 방패를 두르고 다치지 않게 애쓰면서 말이다.

언젠가는 마음 약한 사람들이 모인 일종의 치유 독서 모임을 열어보고 싶다. 서로를 존중해주고 아프지 않게 북돋아 주는 그런 책 읽기 모임을 꿈꾼다.

예민하고 약해 보이기만 하던 아이들도 시간이 흐르며 자라고 있다. 아직 엄마의 손길이 누구보다 필요한 시기지만 그래도 매일 밤새 울던 유아 시절은 훌쩍 지나가 버렸다. 이젠 엄마가 책을 펴들면 조용히 옆에 앉아 책을 읽기도 하고, 잠이 필요한 엄마를 위해 조용히 문을 닫고 나가주는 배려심 깊은 모습을 보이기도 한다. 지난겨울, 계절의 영향도 민감하게 받는 나는 제법 긴 우울한 시간을 보냈다. 생일날 저녁이었다. 모든 게 의미 없고 부질없다는 기분이 들었다. 하지만 그날 저녁 아이들이 엄마를 위해 깜짝 생일파티를 준비해주었다. 파티 풍선으로 거실을 꾸미고, 생일 축하 노래를 부르며 직접 포장한 선물과 카드를 전해주던 순간 길었던 우울감에 마침표를 찍을 수 있었다. 오랜만에 웃음이 나오고 가슴이 활짝 펴졌다.

예민한 아이들이어서 힘들기도 하지만, 민감하고 마음 약한 내가 엄마여서 더 많이 이해하고 공감해줄 수 있어서 다행이라고 생각한다. 아이들이 커서 나만큼 마음 약한 사람이 될 수도 있겠지만 나는 언제나 아이들의 뒤에서 조용히 아이들을 지켜줄 것이다. 물론 내 아이들 역시 혼자일 시간이 필요하다는 것은 절대 잊지 않고 말이다.

에필로그 : 다시 삐- 소리가 들려도

마음이 약하다는 건, 그만큼 자신이 가져야 할 많은 것을 다른 이에게 내어주고 있다는 뜻이 아닐까. 내 것을 지키고, 내가 원하지 않는 일을 단호하게 거절하지 못하는 내 마음으로 인해 나는 늘 손해를 보며 사는 느낌이었다. 하지만 한편으론 그렇게 내어준 나의 마음 한 조각 한 조각이 누군가에게는 소중한 무언가가 되지 않았을까, 기대해 보기도 한다. 물론 아무에게나 선뜻 내 마음을 내어주던 지난날의 나는 잊어야 한다. 그러기엔 아픈 나를 너무 많이 겪어봤기 때문이다.

아픔이 내 마음을 강하게 만들어주지는 않았다. 슬픔이 나를 보호해 주지도 않았다. 그러나 약한 마음에 눌려있던 나에게 깊은 숨을 쉬어야 한다는 지혜를 전해 주었다.

여전히 삶의 많은 순간에서 나는 숨 쉬는 걸 잊은 채 웅크리고 있다. 그럼에도 불구하고 이제는 숨을 멈추는 나를 알게 되었다. 병실에서 울리던 삐– 소리는 이제 내 마음에서부터 울리고 있다. 그 소리가 들릴 때면 나는 잠시 모든 걸 멈추고 내 숨소리에 귀를 기울인다. 왜 또 숨을 참고 있는지, 왜 숨 쉬는 것마저 잊을 정도로 힘들 어하는지 바라본다.

그리고 깊게 숨을 들이쉬고… 내쉬고… 들이쉬고… 내쉰다….

그것만으로도 내 심장은 천천히 제 속도를 찾아가 고 굳었던 두 어깨도 제 자리를 찾는다. 떨리던 목소리 도 안정을 찾는다. 내가 나에게 말해준다. 마음 단단히 먹자. 네 마음은 약할지 모르지만, 너는 약하지 않아.

나수연

요가를 사랑하는 요가수련자이자 지도자이다. 가장 고민이 많던
시절 요가를 만났다. 이제는 요가 없는 일상을 상상할 수 없다.
삶에 큰 자리를 자리 잡고 있다. 매달 한 번씩 주최하는 주말 요가
원데이 클래스를 직접 운영한다. 매 수업 진심을 담는다. 함께 만
드는 요가로운 시간으로 몸과 마음에 위로와 사랑을 전하고 싶다.
[인스타그램] @hi_yogini

고마워, 요가야

프롤로그

어느 날 누군가 나에게 이렇게 물었다. "선생님에게 가장 어려운 요가 자세는 뭐예요?"

"저요? 음. 요가 매트를 펴고 그 매트 위에 앉는 거요!" 어떤 어려운 자세를 이야기 할까 기대에 찬 눈빛이 의외의 대답으로 인해 흔들리다가, 이내 곧 웃음을 지어 보였다. 그 친구는 요가를 경험해 본 적은 없지만 아마 공감의 웃음을 건넬 수 있던 것은 비단 요가뿐만 아니라 모든 일에서 시작이 가장 어렵다는 것을 알기 때문이 아니었을까?

매일 새롭게 올라서는 매트 위의 시간처럼 '오늘'

이라는 시간은 내 생의 처음인 시간이다. 그래서 잘 해내고 싶기도 하고 그 부담감에 두렵고 겁이 나기도 한다. 우리는 모두 알고 있다. 때로는 그런 마음들이 뒤엉켜 시작이라는 자체가 힘들어지기도 한다는 것을. 하지만 생각을 멈추고 조금 더 용기를 내어 행동으로 옮기다 보면 이내 곧 과정에 담겨진다. 또, 그 일을 잘 마무리하고 있는 우리의 모습을 만날 수 있다. 수련을 통해 뭐든 시작할 수 있을 것만 같은 용기를 배운다. 바쁨에도, 겁이 나는 동작임에도, 피하고만 싶었던 순간임에도 불구하고 일단 움직이면 내 몸은 내 생각보다 강한 힘을 가지고 있음을 알아차릴 수 있다. 매트를 펴고 자리에 앉는 순간부터 자신에 대한 믿음과 용기를 쌓는다. 몸과 마음이 시나브로 성장하고 있다. 여전히 그 동작이 가장 어렵지만 그럼에도 불구하고 오늘도 일단 매트를 펴며 하루를 시작한다.

　　요가를 만나기 전, 내가 바라본 세상은 두려움 그 자체였다. 무지의 세계에 대한 두려움은 날 더욱이 작아지게 만들었고 그저 집에만 조용히 머물고 싶은 날들의 연속이었다. 심지어 힘차게 밝아오는 아침조차 너무나 싫었다. 또 하루를 살아내야 한다는 부담감에 숨쉬기 조차 버거울 땐, 현실을 피하고자 이불 속에서 조용히 하루를 보내기도 했다. 요가를 만난 후, 나의 세계에는 서서히 변화의 바람이 불어오기 시작했다. 세상이 호기심의 대상으로 변했고 직접 부딪히며 나아가고 싶은 곳이 되었다. 게임 속 퀘스트를 하나씩 달성하며 성장하는 캐릭터처럼 흥미진진한 도전의 세계로서 하루하루를 살아간다.

선물처럼 다가오는 요가로운 시간에 담긴 이야기를 나눠보고자 한다. 어떤 마음의 작용들이 있었기에 세상을 바라보는 태도가 이렇게나 변할 수 있었는지 그 일화와 생각들을 소소하게 나눈다. 이 이야기들이 당신의 마음에 따뜻한 햇볕에 스며들 듯 포근히 다가갈 수 있길, 편안한 호흡이 함께 오가길. 요가에 대한 흥미가 있으신 분들, 요가수련자, 또는 저와 같이 마음의 위로가 필요하셨던 분들에게 조그마한 도움이 될 수 있길 바라본다.

요가지도자로서 걸어가는 길에 묵묵히 사랑으로 지지해주시는 가족, 물심양면 도와주는 단 짝꿍 이상준님, 나의 스승님 공혜경, 김선임 스승님께 깊은 감사의 마음을 전합니다.

　　2021년 따듯한 바람이 다가오는 봄, 수연

가자, 누구보다 나는 나를 구해줘야 하니까

봄이라고 하기엔 아직 건조하고도 차가운 바람이 코끝을 스치는 2019년 3월의 어느 아침, 한국을 떠나 따뜻한 계절이 있는 곳에서 자연과 어울려 숨을 쉬고 싶었다. 앞으로 어떻게 살아가야 할지 고민이 많아 울퉁불퉁하던 길을 걷던 시절이었다. 일단 떠나야만 했다. 그래야 숨 쉴 수 있을 것 같았다. 누구보다 나 자신에게 이 기나긴 막막한 현실의 터널에서 희망의 빛을 보여주고 싶었으니까. 침대 옆 선반에 놓인 핸드폰을 주섬주섬 찾아 은행 앱을 열어 통장 잔고를 확인했다. 다행이다. 비행기 표와 일주일 생활비 정도는 가능한 숫자가 적혀있다. 바로 비행기 표를 구매하는 사이트로 접속했다. 손안에 쏙 들어오는 작은 핸드폰 안에서 '엄지손가락들은 마치 제발 나는 떠나야만 해요. 그래야 살 수 있을 것만 같아요.'라고 외치듯, 위아래 그리고 양옆으로 십자가를 그리며 목적지를 찾아 헤매었다. 하고자 하는 것들은 있어도 목적지를 정하고 실행하기는 역시나 쉽지 않았다. '해외여행을 여자 혼자 간다면 위험하지 않을까? 요가원은 어떻게 찾고 신청해야 하지? 그건 그렇고 부모님이 허락하실까? 다녀와서 취업 준비는 또 언제 하지? 그냥 나중에 기회가 생기면 그때 친구랑 같이 가볼까?' 이런저런 생각들로 아무것도 할 수 없었다. 핸드폰 화면에 보인 수백 개의 도시가 눈동자에서 스쳐 지나가는 아침이었다.

맞다. 그 당시 나는 어떠한 계획을 세우지 않았다. 아니, 못했다. 어릴 적부터 가슴 뛰는 일을 찾아서 사회생활을 하리라 다짐했지만, 현실은 호락호락하지 않았다. 공부하라기에 했고 졸업 준비하라기에, 취업해 좋은 직장에 들어가야 좋은 삶이라기에, 그래야 하나 했다. 나를 알아갈 시간은 갖지 못한 채 살아왔다. 그 어려운 수학 문제는 풀고 많은 영어단어는 외웠어도 내가 누군지 무엇을 잘하는지를 알 수 없던 것은 어쩌면 당연했다. 이제와서 좋아하는 일로 직업을 찾으려고 하니 그게 순조롭기만 하겠는가. 피하고만 싶었다. 아무것도 실행하지 못하고 생각에서만 머물다 끝나는 상황들을. 수많은 좌절에 계획은, 계획이라는 이름으로 무력함을 바라봐야 하는 거울이 되었다. 작은 점 하나까지 보이는 뾰족하리만큼 잔인한 거울. 비행기를 타고 더 넓고 다양한 도전적인 세상으로 떠나는 내가 아닌, 편안한 방 침대 속에서 포근하면서도 무거운 이불을 머리끝까지 덮고 다시 서둘러 눈을 감았다.

실컷 도망치는 하루를 보낸 뒤 침대에 나와 책상 컴퓨터 앞에 앉았다. 조금 더 넓어진 스크린 속, 마우스 휠 올라가는 드르륵 소리에 맞춰 또 한 번 도시들이 펼쳐졌다. 그중에서 내 손과 눈을 동시에 멈추게 한 곳은 바로 태국의 '치앙마이'다. 5년 전 대학 친구들과 함께 태국으로 여행을 다녀왔다. 그때 알게 된 아기자기한 도시인 치앙마이를 발견하자 추억들이 떠올라 마음이 바삐 움직이기 시작했다. 인터넷 창을 띄워 치앙마이 요가를 검

색했고 요가원 리스트를 쭉 적어 동선을 파악하며 계획을 세웠다. 아침에 걱정했던 것들은 모두 잊은 채 하나씩 준비하는 것에 집중하는 나를 발견하였다. 숙소까지 정해지자 '에라 모르겠다. 어떻게든 되겠지. 더는 미룰 수 없어. 일단 질러보자.'라는 마음으로 비행기 표와 숙소까지 예약까지 완료했다. 일주일 뒤 떠나야 하는 비행기 표였다. 더 이상 미룰 수 없어 출국 3일 전 부모님께 사실을 말씀드렸다. 생각했던 것보다 큰일은 일어나지 않았다. 상상했던 것만큼의 반대가 없었다. 의외로 쉽게 허락받은 것에 기쁨보다는 얼떨떨했던 것 같다. 그동안 시작 전에 지레 겁먹고 도전하지 못한 일들이 얼마나 많았을까. 가여웠다. 작은 캐리어에 요가복과 몇 가지 필요한 것들만 가볍게 챙겨서 공항을 향했다. 이렇게 가벼운 캐리어와 요가를 목적으로 하는 여행은 처음이다. 왠지 이전과는 다른 숨을 쉴 수 있을 것 같은 기분 좋은 예감이 든다. 두려움보다는 설렘으로 가득 찼던 나의 첫 요가 여행이 그렇게 시작된다.

지금 이곳에 머물 것

핸드폰 알람이 아닌 새의 지저귐과 강아지 소리가 사방으로 퍼진다. 열어둔 창문 사이로 들어오는 따듯한 습기가 피부를 감싼다. 창문 밖으로는 초록빛의 자연이 펼쳐졌고 창문 안으로는 바로 태국의 도시 중 하나인 '치앙마이' 숙소 침대 위에 내가 있다. 가벼운 미소로 침대에서 나와 하루를 시작한다.

오늘은 숙소 근처 공원에서 야외요가 수업이 있는 날이다. '이 자연 속에서 야외 요가라니! 얼마나 낭만적인가!' 이번 요가 여행에서 가장 기대했던 시간이다. 어젯밤에 내린 비구름은 땅을 촉촉하게 적시고 맑은 하늘을 남겨주었다. 날씨도 설렘을 더했다. 요가 하기 1~2

시간 전 공복 상태를 선호한다. 소화에 집중이 흘러가지 않고 몸의 흐름을 세밀하게 관찰할 수 있기 때문이다. 하지만 여행 시 숙소 비에 포함되어 제공하는 훌륭한 조식을 어찌 그냥 지나칠 수 있으랴. 간단히 요기만 채우려 했지만 푸짐한 아침 식사까지 마쳤다. 계획에 없었던 든든하게 채워진 배를 안고 숙소를 나섰다. 옛 구시가지의 느낌이 드는 골목골목 사이를 지나 공원을 찾기 시작했다. 숙소를 나와 걷는 순간부터 딱 내가 바라던 그 풍경이 펼쳐졌다, 떠나오기 전 얼마나 바라던 모습이었는가. 눈을 감고 몇 차례 숨을 쉬었다. 이제 요가만 하면 내가 꿈꿔온 장면을 만난다. 발걸음을 재촉했다. 여유롭게 출발했으나 길을 헤매 공원에 도착하니 수업 시작 3분전, 서둘러 근처 가게에서 가벼운 요가 매트를 빌려 자리를 맡았다.

완벽하게 꿈꾸던 환경에서 조금 더 완벽한 내가 되고 싶었다. 동작 하나하나를 멋지게 해내고 싶은 욕심이 들었다. 그러나 일반 요가 매트가 아닌 나뭇가지를 가볍게 엮어 만든 이곳의 요가 매트는 발이 움직이는 대로

같이 늘어나고 줄어들었다. 발의 기반이 계속 흔들렸기에 상상 속 완벽한 동작과는 거리가 멀어졌다. 초반에는 온통 그런 상황에만 집중이 쏠렸다. 자연스레 주위에 사람들은 어떻게 자세를 하고 있는지 시선이 옮겨졌다. 어느새 비교하고 있던 나를 발견했다. '아니, 이 멀리까지 와서 무엇을 위해 이렇게 애쓰고 있는 거지? 심지어 비교까지?' 부끄러웠다. 완벽하게 해내고자 하는 마음과 비교하는 것을 내려놓기 시작했다. 이전에 알아차리지 못했던 감각들이 살아났다. 발바닥에서 느껴지는 어젯밤 비가 적시고 가 촉촉해진 흙의 촉감, 습기를 품은 따뜻한 바람, 아침을 깨우는 새소리, 시선이 돌릴 때 마다 펼쳐지는 파란 하늘과 나뭇잎 사이로 들어오는 햇빛, 바로 이 자리에서 숨 쉬고 움직이는 모습들. 오감이 살아나면서 이곳에 완전히 존재하고 있었다. 완벽함을 내려놓을 수 없었더라면 느낄 수 없었던 것들에 감사해지는 순간. 때로는 완벽하지 않은 모습을 있는 그대로 바라볼 수 있는 것이 정말 완벽한 모습이 아닐까?

　　삶에서도 왜 그동안 목표 지점만 바라보며 헐레벌

떡 달려왔을까. 목표에 도달하지 못했을 때 왜 나무라기만 했을까. 만약 목표를 향하는 과정에 각각의 계단이 있다고 한다면, 한 칸 한 칸 위에 펼쳐진 풍경과 숨을 충분히 바라봤다면 어땠을까. 그렇게 못했던 것이 아쉽고 미안했다. 얼마나 많은 것들을 놓치고 온 것일까. 다짐했다. 순간순간의 숨을 알아차리고 깊게 쉬어가자고.

마음도 실체로 존재한다면

몸은 만지고 바라볼 수 있는 실체가 존재하지만, 마음은 그렇지 않다. 우리는 볼 수 없는 것보다는 직관적으로 보이는 것에 집중한다. 바쁜 아침에 앞머리는 죽기 살기로 정돈하는데 뒷머리는 그 정도로 신경 쓰지 않는 것처럼.

두 번째로 방문한 요가원에는 거울이 없었다. 요가를 배울 때 항상 거울이 있어서 정렬을 잡아 움직여왔다. 허리를 굽히고 있진 않은지, 골반의 정렬이 맞춰져 있는지 등등. 처음엔 거울의 부재가 낯설고 불편했다. 수련 중반쯤 그 낯섦이 꽤 편했고 더 요가가 잘되고 있는 듯했다. 물론 어떤 자세로 어떻게 움직이느냐가 운동을 할 때 중요한 요소 중 하나겠지만 요가에서는 꼭 그렇지만은 않다. 거울이 없었기에 보이는 몸의 굴곡보다는 시선을 자연스레 내면으로 가지고 올 수 있었다. 내가 어떤 자세로 위치하던지 내 마음의 상태를 스스로 물어본다. 이 자세에선 어디에서 자극이 들어오는지, 숨을 쉬고 있는지, 어떤 생각과 감정이 올라오는지 되물어보며 내면의 자아와 이야기를 한다. 요가 할 때만큼은 나는 나와 가장 친한 친구가 된다. 이젠 내가 어디에 어떤 모습으로 서 있던 다정한 친구로서 곁을 함께한다.

책 〈어린 왕자〉에서 어린 왕자는 이런 말을 한다. "정말 중요한 것은 눈에 보이지 않아." 보이는 몸보다는 보이지 않는 마음을 더 예쁘고 단단하게 가꾸고자 다짐한다. 마음도 거울로 볼 수 있다면 오늘의 마음은 어떤 모양과 색을 띄고 있을까?

나, 당신, 그리고 우리

　　마지막 요가원을 찾아 나섰다. 요가원의 크고 빨간 대문이 먼저 반겨주었다. 서울 대로변 회색 건물에 있는 요가원이 아닌 시골 할머니 댁처럼 앞마당이 있고 주택으로 꾸며진 곳이었다. 그 덕분인지 왠지 와 본 듯 안락했다. 주인 분께서 아침 일찍이 나무와 꽃에 물을 주셨는지 잎에는 동그란 물방울이 맺혀있었고 덕분에 참 싱그러운 아침을 만났다. 신발을 벗고 들어서자 요가원의 규칙들이 나열되어있는 종이를 발견하였다. 많은 규칙이 있었지만, 꼭 손발을 씻고 요가실에 들어갈 것과 수업 전후로 매트를 소독하고 닦아주길 강조했다. 자유롭게 야외요가를 하던 것과는 정반대로 조금은 깐깐한 많은 규칙이 다소 답답하게 느껴졌다. 수업 시간 동안 자기 모습을 촬영하는 것도 허용되지 않았으며, 요가 수업을 듣는 사람 이외에 아무도 요가원에 머물 수 없다고 이야기하셨다. 해외에서 요가 하는 모습을 담아가고 싶었지만, 불가했다. 또, 치앙마이 여행에 함께 합류해 준 친구가 요가원 로비에서 기다려주기로 했는데 그 계획도 어그러졌다. 친구를 돌려보내기 미안한 마음에 원장님께 양해를 구해보았으나 규칙상 불가하다고 단호히 말씀하셨다. 당황스러웠고 살짝은 규칙이 불편했다. 어쩔 수 없이 친구는 주변 카페를 찾아 머물기로 했고 나는 수련실로 들어갔다.

마시고, 내쉬고- 마시고, 내쉬고- 요가 수업 끝자락이다. 요가 마지막에는 항상 송장 자세(사바아사나)라는 동작을 한다. 등을 바닥에 두고 가장 편안한 자세로 쉬어주며 호흡하는 자세이다. 바삐 움직인 몸의 긴장을 풀고 에너지를 다시 충전하는 자세이다. 눈을 감고 힘을 완전히 내려놓았다. 오늘의 수업이 어느 때보다 집중도 있게 움직였다고 느껴졌다. 머리가 백지장이 된 듯 아무 걱정과 생각도 없이 오로지 몸과 호흡에 집중하며 움직이다가 눕자마자 처음 들었던 생각이었다. '왜 그런 것이었을까? 이전의 수련과 무엇이 달라진 걸까? 선생님이 좋았던 것일까?' 생각하던 찰나 요가원에 들어서자마자 크게 적혀진 규칙들이 떠올랐다. 쾌적한 요가 시간을 위해 서로 지켜야 했던 규칙들, 다소 까다롭게 느껴졌던 그 규칙들 말이다. 같은 공간에서 함께 호흡하는 사람들을 위해 귀찮을지라도 손발을 깨끗이 닦고 들어왔고 어떠한 카메라의 시선도 없었기에 제3의 눈을 신경 쓸 필요도 없었다. 또, 요가 수련 동안 대문이 닫혀 누가 갑자기 들어올 거라는 불안감도 없는 상태로 오롯이 집중할 수 있었다. 서로를 위한 작은 배려들이 요가 수련의 질을 완전히 다르게 만들었다.

사회도 이와 별반 다를 것 없다. 세상에는 규정되지 않았지만 으레 지켜지는 것들 또는 꼭 지켜줘야 하는 법들이 있다. 작게는 공공으로 사용되는 것들에 대한 약속, 노약자 임산부석을 항시 비워둬야 하는 약속 등이 있다. 지키지 않는다고 해서 당장에 큰일이 일어나거나 법적 책임을 묻진 않는다. 때로는 작고 귀찮은 것처럼 느껴진다. 너무나 피곤한 출퇴근 지하철 안, 비어 있는 좌석이 얼마나 유혹적이던가. 하지만 함께 배려한다면 서로에게 조금 더 안전하고도 편안한 생활을 만들어갈 수 있다. 그 규율을 내 편의로 깨면 안 된다는 것을. 누군가는 그 배려가 절실히 필요하고 언젠가 그 필요의 대상이 내가 될 수 있다는 것을. 내가 그렇듯 남도 크게 다르지 않은 사람이라는 것을.

단순한 몸을 움직이는 요가 시간이 아니었다. 공동체 사회를 한 번 더 생각해볼 수 있는 시간으로 채워졌다. 작지만 큰 것들을 지키며 우리는 함께 살아간다는 것을. 아니, 도덕 수업도 아니었는데, 요가를 하면서 사회 공동체까지 생각하게 되다니. 어떻게 생각이 입체적으로 펼쳐질 수 있었던 걸까? 요가의 매력에 푹 빠지게 되었다.

알아차림

한국으로 돌아오는 비행기 안, 작은 창문 넘어 어둠은 펼쳐져 있다. 핸드폰에 담긴 사진들을 꺼내 본다. 미소를 지었다. 환하게 빛이 났다. 어둠이 있어서 더욱더 환하게. 이번 여행은 내가 나에게 준 가장 귀한 선물이 아니었을까? 다시 살아갈 용기가 솟구쳐 올랐다. 떠나오길 참 잘했다. 나를 아픈 상태로 내버려 두지 않길 잘했다. 앞으로 나아갈 방향을 잡았다. 요가를 통해 나를 찾아가리라 다짐했다.

집 근처 요가원의 주말 오픈 클래스 소식을 접하고 바로 신청하기 버튼을 눌렀다. 토요일 아침, 가장 좋아하는 파스텔톤의 분홍색 상의와 하늘색 레깅스를 꺼내 입었다. 기분이 좋아졌다. 요가 매트를 깨끗이 닦아 돌돌 말아서 두 팔로 감싸 안고 집을 나섰다. 따스한 햇볕이 속눈썹 사이를 통해 들어온다. 벚꽃은 만개했고 하늘은 매트를 펼쳐도 좋을 만큼 맑고 푸르다. 자연은 있는 힘 껏 봄을 알리고 있었다. 소풍 가는 어린아이처럼 두 발 끝은 사뿐히 솜사탕 위를 걸었다. 요가원 문을 열자 인센스 스틱을 피운 그 특유의 요가원의 향이 먼저 코끝에 인사를 건넸다. 자리를 잡고 매트를 깔아야 했다. 집중 잘하려면 맨 앞줄이지! 첫 줄을 바라본다. 얇은 천으로 날개뼈를 감싸는 화려한 상의, 잔잔하게 보이는 등 근육, 몸에 크고 작게 새겨진 문신, 다리를 쫙 찢어 몸을 풀고 계신 분들이 보인다. 왠지 모르게 요가 고수의 느낌이 풍긴다. 아, 여기는 내가 있어야 하는 줄이 아니구나. 눈 동자는 재빠르게 다른 곳을 찾는다. 다행히 가운뎃줄에 매트를 깔 수 있는 틈이 보인다. 직사각형의 요가실에서 대각선 방향이 교차하는 지점인 완전한 센터로 매트가 깔린다.

수업의 시작을 알리듯 큰 나무로 된 문이 하나둘 닫

히기 시작한다. 차근히 호흡하며 움직인다. 보슬보슬 땀이 맺힌다. 수련 중반부 숨은 가빠져 왔고 하체는 덜덜 떨리기 시작한다. 도저히 더는 못 버틸 것 같았다. '그냥 일어나서 쉬고 있을까? 아니야 조금만 버텨서 칭찬받아보자.' 고개를 젖혀 막막한 뒤를 바라보고 있는 그 순간에도 여러 개의 자아가 서로 각자의 주장을 내며 바삐 대화하고 있다. 그때 어디선가 "수연, 숨 쉬세요." 라는 소리가 들려왔다. 아? 내면의 소리가 아니었다. 그렇다. 숨을 쉬지 않고 있었다. 힘들 때 숨을 더 쉬어야 하는데 숨을 꾹 참고 있었다니! 이렇게 아이러니한 상황이 있는가. 우리는 종종 힘들거나 예기치 못한 상황에 놓이면 숨을 참는다. 근육들이 경직되어 숨을 쉴 공간이 없어지는 것이다. 몸을 보호하기 위한 작용이니 어쩌면 자연스러운 현상이다. 하지만 상황을 인지하고 숨을 깊이 마쉴 수 있는 힘을 키운다면, 우리는 힘듦과 애씀을 조금 더 자연스럽게 흘려보낼 수 있지 않을까?

안녕, 너도 수연이구나

우리는 새로운 패턴보다는 기존 패턴으로 움직이고 생활한다. 편하고 익숙하니까. 그러다 보면 몸이 한 방향으로 흐르고 생각도 한곳으로 머문다. 어른이 될수록 생각을 유연하게 하기 힘들다고 하는 게 이 때문은 아닐까?

해부학과 심리학을 결합해 해석하는 〈감정해부학〉이라는 책이 있다. 자세가 감정을 보여준다고 이야기한다. 움직임의 형태만으로 보이지 않는 마음을 읽을 수 있다니 흥미로웠다. 내향적인 사람들의 몸은 상체가 앞으로 쏠려 움츠리든 패턴, 그와 반대로 에너지를 발산하는 사람들은 가슴 앞면이 열려 상체가 뒤쪽으로 기대어진 패턴이 나온다고 한다. 고개를 끄덕였다.

　　오늘도 매트를 폈다. 몸을 트위스트 한다. 물구나무로 거꾸로 선다. 두 다리를 찢어본다. 상체를 뒤로 꺾어본다. 상체를 숙인다. 몸을 사방팔방으로 펼치고 움츠린다. 수련 후에는 다양한 감정이 반갑게 다가온다. 요가를 하며 내면을 성장시킬 수 있었던 이유를 찾았다. 수련하면서 가끔은 '왜 저렇게까지 비틀어야 하지? 저러다 다치는 건 아닌가?' 싶은 특이한 동작들이 있었다. 하지만 그 자세들로 얻는 혜택들이 있다. 우울했던 마음을 가슴을 열어 펼치며 힘을 얻고, 기분이 붕 뜨는 날에 몸을 숙이는 동작으로 차분하게 가라앉혔다. 경주마처럼 앞만 보고 달려왔다면 트위스트를 통해 생각을 변환하는 기회가 생겼다. 감정과 생각의 중간을 찾아간다. 또, 평소에 하지 않은 움직임으로 인해 나의 새로운 여러 모습을 바라볼 수 있었다. 우리는 한가지의 모습과 역할로 존재하지 않는다. 누군가의 자녀, 누군가의 친구, 선생님, 직장동료 등 다양한 역할이 있다. 다른 역할에서 어떻게 하나의 자아만 존재하겠는가. 다양한 모습으로 살아가고 있을 것이다. '나는 이런 사람이야. 이래야만 해.' 가 아닌 '나는 이런 면도 있구나.' 라며 있는 그대로 받아들일 수 있었다. 누군가에겐 좋은 사람일 수도 나쁜 사람일 수도.

접힌 뱃살이 보인다. 귀여운 뱃살이 까꿍이라며 인사를 건넨다. 사랑스럽다. 아? 빼려고만 했던 뱃살이 사랑스럽다니? 그렇다. 어느새 나는 나와 꽤 친해져 있었다. 순간에 있는 그대로를 바라본다. 애써 붙잡지 않는다. 모든 것은 죽기 전까지 과정에 있으니까. 그렇게 마음의 근육이 성장하고 있었다.

이 좋은걸 나만 할 순 없잖아요

요가를 만난 후의 삶은 하루하루가 설레고 감사했다. 삶에서 느낄 수 있는 행복의 총량이 정해져 있다면 이미 다 소진해 버린 건 아닐까? 너무 행복해서 오히려 불안하기도 했다. 새벽마다 괴롭혔던 불면증은 사라졌고 병원 문을 밟지 않은 지가 벌써 1년이 넘었다. 이 좋은 것을 나만 느낄 수 없었다. 잘 배워서 잘 나눠주고 싶었다. 가슴이 뛰었다. 요가 수련자이자 요가 지도자의 길을 선택했다.

"오른팔을 뻗어볼게요. 그렇죠, 왼쪽 팔꿈치는 접을 거예요." 요가 지도자 과정 수료의 끝자락이 보인다. 첫 모의수업 날, 긴장한 탓에 순서를 까먹고 우왕좌왕 완벽하게 망했다. 수련하는 것과 수업하는 것은 확연한 차이가 있었다. 상대의 몸을 움직이게 한다는 것은 생각보다 더 많은 정성과 디테일이 필요했다. 적절한 단어 선택부터 시작해 목소리 톤, 강약, 시간 배분, 함께 할 수 있는 대체 동작들, 핸즈온, 음악 선택 등의 준비 등등. 그간 불편함 없이 수련할 수 있도록 해주신 선생님들의 노력이 눈앞에 펼쳐졌다. 존경스러웠고, 감사했다. 이토록 긴장되고 떨리는 수업 진행도 익숙해지는 순간이 오겠지. 그 순간을 잊지 않았으면 좋겠다. 처음부터 쉽고 당연했던 것이 아니었단 걸. 아무것도 할 수 없었던 내가 많은 사람의 도움으로 한 걸음씩 걸어갈 수 있었단 걸. 누군가 도움이 필요하면 기꺼이 손을 건넬 수 있는 사람이 될 수 있도록.

요가로 위로를 줄 수 있는 사람이 되고 싶다. 선생님이라는 말이 스스로 부끄럽지 않도록 오늘도 수련과 수업을 이어간다.

우리 사랑의 표현은 아끼지 말기로 해요

"선생님, 오늘도 감사합니다. 덕분에 오늘 완전히 힐링했어요." 이 한마디에 하루의 피로가 사라진다. 요가 지도자의 삶은 겉으로 보기에 평온하고 여유로울 것 같지만 사실은 조금 다르다. 아침 7시에 나와 오전 수업을 하고 점심시간에 집에 들러 식사를 한다. 1시간의 휴식, 1시간의 수련을 마치면 서둘러 오후 수업을 위해 다시 집을 나선다. 퇴근 후 집에 오면 저녁 11시, 씻고 내일 수업 준비를 하고 잠자리에 든다. 주말엔 원데이 클래스 수업 또는 더 나은 수업을 준비하기 위해 교육 워크숍을 간다. 생각보다 여유로운 시간은 없다.

육체적으로 힘들 때 지치지 않고 계속 나아갈 수 있

는 건 수업에 와주시는 분들의 따뜻한 시선과 말들 덕분이다. 선생님이라고 불리지만 사실은 수업에 와주시는 모든 분이 나의 선생님이다. 표정, 몸의 변화, 말 한마디에 나는 무럭무럭 성장하고 있다. 바르게 안내해드리고 마음에 더 배우고 부지런히 나누려 한다. 나의 성장이 그들의 성장으로 선순환한다. 우리는 서로에게 좋은 선생님이 된다.

표현에 대해 생각한다. 특히나 사랑하는 마음과 감사의 마음은 부지런히 표현해야겠다고 다짐한다. 누군가는 나처럼 그 한마디로 오늘을 버티고 내일을 살아갈 큰 힘을 얻기도 할 테니까. 좋은 감정은 나눌수록 배가 되니까. 1분도 걸리지 않을 것이다. 지금 당장 핸드폰을 들어 감사한 사람에게 따뜻한 표현을 전해보는 것은 어떨까?

고마워, 요가야

　요가 여행을 떠나지 않았더라면 지금 나는 어떤 모습으로 존재할까? 나는 종종 "고마워, 요가야"라는 말을 한다. 인스타그램 해시태그로 사용하기도 하며 나중에 나만의 요가 스튜디오를 갖게 된다면 혹은 책을 출판하게 된다면 〈고마워, 요가야〉라는 제목을 붙이고 싶다는 마음이 들 정도로 말이다. 요가는 삶에서 빼놓을 수 없는 부분이 되었다. 앞서 말한 요가로운 시간을 통해 자신을 이해해줄 수 있었고, 나와의 관계를 건강하게 만들어갈 수 있었다. 상대를 바라보는 시선의 폭이 입체적으로 변했다. 요가 없는 삶은 상상할 수가 없다.

　요가는 수단이자 소중한 보물이다. 매트 위의 시간

으로 용기를 얻는다. 방에만 웅크려 있지 않고 힘있게 밖으로 나와 더 넓은 세계로 여행한다. 삶은 더 이상 긴 어둠의 터널이 아니다. 아니, 내가 지금 터널에 있다고 하더라도 내 자체가 빛이 나고 있는 사람이라는 것을 알기에 더는 어둠이 두렵지 않다. 감사한 일이다. 요가를 만날 수 있어서, 요가로 하루를 시작할 수 있도록 건강하게 심장이 뛰어주어서, 손과 발이 자유롭게 움직여주어서, 숨을 쉴 수 있어서, 매 순간이 감사하다. 매트 위, 완벽하지 않은 모습도 내 모습임을 인정하고 한 걸음 나아간다. 가장 완벽한 순간이라고 할지언정 죽기 전까지의 모든 순간은 과정 중 하나일 테니. 혹시 집에 돌돌 말려진 매트가 있다면 일단 펼쳐 앉아 움직여보자. 분명 당신의 하루도 새롭게 펼쳐질 테니.

답답하다고 여겨질 때는 분명 무언가 문제가 있는 것이다. 시간이 지나면 사라질 거라고 생각하지 말고 숨 쉬며 들여다봤으면 좋겠다. 나에게는 그것이 치앙마이 요가 여행이었다. 꼭 여행이 아니더라도 내면을 찾아가는 길을 떠나보길 바란다.

햇볕냄새

어릴 때는 변하지 않는 것을 좋았으나 이제는 물처럼
유연한 사람이 되고 싶다. 완전히 좋기만 한 것도 나쁘기만 한 것도
없다는 것을 이해할 수 있는 지금이 좋다. 단 한 사람의 마음에라도
온전히 닿을 수 있는 글, 서로에게 용기를 줄 수 있는 글을 쓰고
싶다는 오랜 꿈이 있다. 동네 공원에 숨어 있는 고양이를 찾아
조금 거리를 두고 바라볼 때 행복하다. 햇볕에 바짝 말린 빨래에서
나는 고소하고 바스락거리는 냄새를 좋아한다. 푸른 하늘과 바람이
있으면 기분이 좋아지고 해가 쨍쨍한 날엔 맛있는 것을 잘 산다.

생각보다 괜찮은 사람

프롤로그 : 이토록 작고 외로운 우리에게[1]

한낮의 운동장에는 고등학교 1, 2학년쯤으로 보이는 남학생들이 축구를 하고 있었다. 나는 길을 가다 말고 한참 동안 그들을 바라보았다. 나도 모르는 미소를 지은 채. 공을 쫓아 이리저리 내달리며 소리를 지르는 아이들은 '살아 있다'라는 느낌을 주었다. 이 생동감은 피부를 뚫고 들어와 말로는 설명하기 어려운 이상한 전율이 흘렀다. 체육 시간이 더 많아져야 해, 혼자 중얼거리며 다시 걷기 시작했다. 문득 그 시절의 나는 어땠나. 나는 언제 이런 느낌을 받았던가. 머릿속으로 추억의 나래가 펼쳐졌다.

10, 20대 무렵 나는 나를 좋아하지 않았다. 그러니 '아, 옛날이여!'와 같은 마음도 없다. 과거로 갈 수 있다

면 어느 때로 돌아가고 싶냐는 질문을 받을 때가 있다. 내 대답은 언제나 "돌아가고 싶지 않아요. 지금이 가장 좋아요."이다. 왜 나는 가장 젊고 생기 넘쳤을 그 시절의 나를 좋아할 수 없었던 걸까? 뭣 모르던 어린 시절을 지나 내 기억이 어렴풋이 과거를 소환할 수 있는 지점은 유치원 이후부터이다. 전형적인 농촌의 작은 마을에서 중학교까지를 보냈던 나는 내 고향을 마냥 그리움과 애틋함의 대상으로 여길 수만은 없었다. 봄이면 쑥을 캐러 다니고, 동생들과 산딸기를 따고, 대청마루에 앉아 이야기를 들어주는 할머니, 저녁이면 소를 몰고 돌아오는 평화롭고 목가적인 풍경… 아름다워 보이지만 나는 학교에 다니면서부터 늘 내게 무언가 부족하다고 생각했다. 그 무렵 내가 쓴 일기에는 '이대로 세상에 나간다면 바보가 되지 않을까.'라는 불안감이 적혀 있었다.

나는 조금 더 나은 사람이 되고 싶었다. 똑똑해지고 싶었고, 예뻐지고 싶었고, 착한 사람이 되고 싶었다. 더 넓은 세상에 나가 누구에게도 꿀리지 않는 사람이 되고 싶었다. 자신감 있고 당당한 사람. 하지만 나는 그리 영민하지도, 예쁘지도, 착하지도 않았다. 오히려 늘 동생을 질투하고 부러워하면서 조금이라도 그 애를 이겨보겠다고 남몰래 용을 쓰고 있었다. 텔레비전에 등장한 도시의 삶은 신기하고 재미있으면서도 그걸 보는 내 안 깊숙한 곳에서는 막연한 불안감이 함께 했다. 나는 이곳에서 미꾸라지를 잡고 산딸기나 따고 있는데, 그들은 무언가 엄청난 것을 경험하고 있는 듯했다. 어린 마음에도 나와 내가 속한 세계는 너무 작다는 생각이 들었다. 먼 친척들이 많았던 동네 사람들은 대개 친절하고 따뜻했지만, 시골 사람들의 인심이라고 칭송되는 그 관심은 묘한 불편함을 동반했다. 나는 벗어나고 싶었다. 모두가 나를 보고 있는 듯한 그곳에서, 누군가를 부러워하고 질투하는 나쁜 아이로부터, 혼자서는 아무것도 제대로 할 줄 모른다는 불안감으로 휩싸인 작은 세계로부터.

고등학생이 되어 근처 도시로 떠나던 나와 동생이 다른 친구들처럼 울지 않았던 것은 두고두고 엄마의 마음에 남았나 보다. 다 우는데 우리만 울지 않아 부모 곁을 떠나는데도 슬프지 않은가 싶어 서운했다는 말씀을 지금도 하시는 것을 보면. 하지만 내가 느꼈던 그 불안감과 자책감을 엄마는 알까. 열일곱 살의 내가 떠나온 것, 더 정확히 떠나오고 싶었던 것은 부모나 고향 마을이 아니라 그 불안하고 괴로운 마음이었다는 것을. 손을 흔드는 엄마 아빠가 멀어질 때 슬픔보다 미안한 해방감을 느꼈다는 것을. 하지만 열일곱 살의 2월, 그 이후로도 나는 완전히 해방되지 못했다. 서울 사람들이 '시골'이라고 부르는 지방의 소도시마저도 내게는 너무 컸고 곳곳에 넘어야 할 산이 있었다. 하물며 스무 살에 처음 도착한 서울은 어떠했으랴. 나는 모르는 것이 너무 많았고 해 본 적이 없다거나 모른다고 말하고 싶지 않았다. 그 말이 필요했던 꼭 그만큼 나는 자꾸 작아졌다. 늘 무언가에 쫓기고 또 누군가를 쫓아가는 기분이었다. 지기 싫어하고 자존심 강한 아이가 자기를 지키려면 별수가 있었겠는가. 스스로 결핍되었다고 생각한 어린 시절의 그무엇을 채우려고 고군분투하는 삶. 다 읽지도 못할 책을 사서 모으고, 하루에 몇 편씩 영화를 찾아보고, 틈만 나면 여행을 떠나며 끊임없이 배우고 또 배우는 것. 나의 이십 대는 그렇게 흘러갔다.

내가 속하고 싶은 세계, 되고 싶은 사람과 실제로 내가 속한 세계, 현실의 나 사이에는 커다란 간극이 존재했다. 그 먼 거리를 좁혀보려 애쓰며 오랫동안 나는 나 자신을 인정하고 좋아할 수 없다는 사실에 괴로워했다. 사실 마흔이 넘은 지금도 크게 다르지 않다. 무언가를 해야 한다는, 이대로 가만히 머물러 있으면 안 된다는, 누구도 강요하지 않은 은근한 압박감에 시달린다. 내게는 여전히 남들에게 보여주고 싶지 않고 스스로 외면하고 싶은 모습이 많다. 나는 갈팡질팡하고, 그런대로 괜찮은 사람이었다가 아니었다가, 이상과 현실 사이에서 헤매고 있다. 아마 앞으로도 그럴 것이다. 이제 나는 좋은 사람이 되고 싶다. 좋아 보이는 사람 말고 진짜 좋은 사람 말이다. 어쩌면 나는 더 높은 이상을 향해 달려가고 있고, 전보다 더 크게 실망하고 자책하며 애쓰는 삶을 살아야 할지도 모른다. 하지만 그렇게 헤매고 애쓰는 모습 자체를 받아들이고 싶다. 벗어나고 싶었던 어린 시절의 기억도 예쁘게 웃으며 추억하고 싶다. 아빠와 함께 미꾸라지를 잡던 여름날, 동화 테이프를 연속재생으로 맞춰놓고 일 나가던 엄마의 뒷모습, 동생들과 산과 들을 쏘다니던 기억은 아무런 연결고리가 없는 곳에서 불쑥불쑥 튀어나온다. 그 순간의 충만한 아름다움은 수십 권의 책이나 명작 영화보다 더 오래도록 마음 한 귀퉁이에 남아 나를 지탱해주고 있었다. 그냥 나만 몰랐을 뿐이다. 이어지는 이야기들은 나의 방황기를 담고 있다. 아직 완전히 벗어나지 못했고 앞으로도 계속될 방황기. 그 속에서 고군분투하는 나 자신을 조금 더 애정 어린 눈으로 볼 수 있다면, 스스로 '생각보다 괜찮네'라고 웃을 수 있다면 그것으로 충분하다.

"인간은 노력하는 한 방황하는 법이다."

괴테의 『파우스트』에 나오는 이 말은 있는 그대로의 네 모습을 사랑하라는 말보다 내 마음을 한결 가볍게 만들어준다. 스스로가 부족하다고 느끼는 누군가, 자신을 좋아할 수 없어 괴로운 누군가, 보여지는 나와 그것을 바라보는 나 사이에서 힘들어하는 누군가에게 들려주고 싶다.

당신은 생각보다 괜찮은 사람이에요.

교양인이 되고 싶었던 사교육녀

사교육녀. 20대 중반 직장인이 되어 나는 이런 별명을 얻었다. '사교육녀'라는 별명이 붙여진 것은 내가 시간이 날 때마다 학원을 찾아다닌다는 이유에서였다. 실제로 나는 출근 전 새벽이나 저녁 시간, 주말을 이용해 이런저런 것을 배우러 다녔다. 누군가는 가만히 쉬지 못하는 것도 병이라고 놀렸고, 다른 누군가는 이제 자기계발은 그만 좀 하라고 했다. 하지만 학원에 열심히 다니는 것 자체가 그리 문제가 될 일은 아니지 않은가. 그냥 열심히 살고 배움에 대한 열망이 큰 사람이라고 생각하면 되지 않을까. 그랬다면 좋았겠지만, 나는 그럴 수가 없었다. 사실이 그렇지 않았으니까.

나는 학원에 다니는 것이 그리 즐겁지 않았다. 끊임

없이 배우러 다니는 것 치고는 열심히 공부하거나 연습하지도 않는 날라리 수강생에 가까웠다. 10년 이상의 학원 순례 끝에 많은 돈을 쏟아부었건만 그 중 어느 것도 제대로 할 줄 아는 것이 없었다. 남들 눈에 비친 나는 부지런하고 자기 계발을 열심히 하는 사람이었을지도 모른다. 내 눈에 비친 나는 무엇 하나 진득하니 하지 못하는 사람이었다. 학원비에 쓴 돈으로 차라리 명품 가방을 샀더라면 가방이라도 남아 있지, 나는 그동안 뭘 하고 다닌 것일까. 학생들이라면 입시나 취업을 위해 그럴 수 있다지만 나는 이제 와 그토록 싫어하던 학원을 왜 내 발로 찾아다니게 된 것일까. 고교 시절 어떻게든 학원이나 과외를 빠지려고 머리를 굴리던 내가 아니었던가. 이제 누가 강제로 학원에 가라고 할 일도 없으니 말 그대로 취미라면 그냥 즐기면 되는 것 아니냔 말이다. 내 안에서는 이런 목소리가 계속 들렸다. 너는 왜 가만히 있지 못하니. 도대체 뭐가 불안한 거니.

시작은 영어 회화였다. 새벽반까지 다니는 열성을 보였던 첫 번째 학원 이후 나는 강남, 종로, 직장과 집 근처의 영어 학원을 전전했다. 영어를 일상적으로 사용하지 않는 환경에서 회화 실력을 키우기란 어려우니 그런 부담은 갖지 말라는 영작문 선생님의 말씀에 따라 그렇게 영어 학원 투어는 막을 내렸다. 영어 학원과 함께 내 발길을 이끈 것은 음악 학원, 그러니까 악기 연주법을 가르치는 학원이었다. 가야금부터 피아노, 바이올린과 기타에 이르기까지 나의 음악 학원 순례기는 10여 년 이상 이어졌다. 결국 영어를 포기한 순간에도 음악만은 포기가 되지 않았으니, 이상하지 않은가. 친한 친구들은 다시 음대에 진학할 생각이냐며 웃었다. 그런 얼토당토않은 목적이라도 있었다면 차라리 다행이었을 것이다. 물론 나에게도 명목상의 목적은 있었다. 내 머릿속에는 졸업하는 제자들, 부모님, 연인 등 늘 누군가에게 멋진 연주를 선물해주겠다는 계획이 있었다. 치매를 예방하겠다는 실용적인 목적까지 덧붙여졌다. 이런 명분도 내 마음의 한구석을 차지하고 있던 진실임에는 틀림이 없다. 하지만 그 이면에는 더 커다란 이유가 숨겨져 있었다. 그것은 왜 하고많은 것 중에 영어와 음악이었는가와 모종의 관계가 있었다.

영어와 음악. 그것은 내게 교양인의 표식이었다. 동시에 나 자신에게 가장 결핍된 것, 스스로 결핍되었다고 생각한 것이었다. 나는 내게 빠져 있다고 여긴 것을 채워 결핍이 없는 사람인 것처럼 보이고 싶었다. 남들 뿐 아니라 내 눈에 내가 그런 사람으로 보이기를 원했다. 무언가를 대단히 잘하는 사람이 아니라 그저 적절한 수준의 교양을 갖춘 사람. 교양인의 사전적 정의와는 상관없이 나에게 '교양'은 생존에 필수적이지 않은 문화적인 식견을 의미했다. 여기에서 핵심은 먹고 사는 것과 무관한 것이어야 한다는 점이다. 쓸데없는 취미 생활에 돈과 시간을 쓰는 것은 그만큼 여유가 있다는 것, 곧 결핍의 부재로 보였다. 내가 진학이나 취업에 필요한 영어보다 음악을 포기할 수 없었던 것은 어쩌면 그런 이유 때문이었을까. 실제로 누가 그런 기준으로 교양 정도를 평가하는지 아닌지는 중요하지 않았다. 내가 그런 눈으로 나를 보고 있었고, 나는 나에게 문화적인 소양이 부족하다는 판단을 내렸다. 어린 시절 극장에 가본 적도, 텔레비전에 나오는 대중가요 외에 다른 음악을 접해 본 적도, 서점이나 도서관에 가본 적도, 동네 바깥의 세상을 구경한 일도 거의 없었으니 아마도 그 판단은 옳았을 것이다.

언젠가 우리는 왜 한 가지를 진득하게 하지 못하고 금방 새로운 것을 찾아 나서는가에 대해 동생과 이야기를 나눈 적이 있다. 동생은 자신이 다른 사람보다 느리거나 못하는 것을 견디기 힘들다고 했다. 나도 마찬가지였다. 나의 부족함을 채우려고 간 곳에서 또다시 내가 누군가보다 못하다는 것을 확인하는 기분이 어찌 유쾌할 수 있겠는가. 나는 끈기가 아니라 학원에서 배우는 내용 그 자체에 대한 본질적인 동기가 없었다. 내 목적은 음악 그 자체가 아니라 그것을 통해 교양인이 되는 것에 있었으니까. 그러니 즐거울 리가 없을 수밖에. 오랜 시간의 사교육이 나의 교양을 얼마나 넓혀주었는지는 잘 모르겠다. 어쩌면 나에게는 처음부터 아무것도 부족한 게 없지 않았을까, 라는 생각도 해 본다. 때로는 그렇게 생각할 수 있는 건강한 단순함이 미치도록 부러웠다.

에라 모르겠다!

  캐리어는 좀처럼 나오지 않았다. 리스본 공항에서 수하물을 기다리던 나는 하필 이승환의 노래 〈한 사람을 위한 마음〉을 흥얼거리고 있었다. 그 순간 왜 갑자기 가방이 나오지 않을 수도 있다는 불길한 생각이 들었는지는 모르겠다. 왜 슬픈 예감은 틀린 적이 없느냐는 안타까운 노랫말은 그대로 현실이 되었다. 시간은 야속하게 흐른다. 어느덧 기다리던 사람들은 하나둘 사라지고 이제나저제나 핑크 리본을 묶은 까만 가방이 나올세라 목을 빼고 있는 한 사람만 남았다. 누군가 착각해서 가져갔을 수도 있다고 생각하기엔 이런 일을 대비해 달아놓은 커다란 리본이 그럴 가능성을 차단했다. 진짜 가방이 사라진 거라면 이제 어떻게 하지? 가방 속에 든 물건과

남은 일정 등 한꺼번에 많은 생각이 머릿속을 꽉 채웠다.

런던과 스페인, 포르투갈의 여정을 담은 유럽 여행은 서른 중반에 혼자 떠나는 첫 여행이었다. 한 달이라는 긴 시간 동안 집을 떠나는 것 역시 처음이었지만 런던을 시작으로 한 여행은 신기할 정도로 순탄하게 흘러갔다. 친절하고 좋은 친구들을 만났고, 소매치기를 당하지도, 길을 잃지도 않았다. 그런데 마드리드를 거쳐 리스본에 도착한 날 가방이 사라진 것이다. 일정은 아직도 3주 가까이 남았고 일행은 아무도 없다. 정신을 차리자 분실물 센터에서 열심히 가방의 인상착의를 쓰고 있는 내가 보였다. 이런 일이 드물지 않은지 직원은 숙소 주소를 적어놓으면 다음 비행기가 실어다 줄 거라는 말로 나를 안심시켰다. 큰 리본도 묶어 두었고 이름표도 붙여 놓았으니 찾을 수 있으리라는 희망이 생겼으나, 비슷한 가방을 골라보라며 직원이 내민 목록은 내 가방이 특별히 눈에 띌 것이라는 믿음을 작아지게 만들었다.

분실물 센터 직원에게 어색한 미소를 던진 채 공항을 나선 날로부터 하루, 이틀, 사흘, 리스본을 떠나야 할

날짜가 다 되어가는데도 가방은 도착하지 않고 있다. 항공사에 전화를 걸었다가 스페인어로 흘러나오는 자동 응답기에 당황해서 끊어버리고, 이베리아 항공을 욕하면서 읽지도 않는 메일을 구구절절 쓰는 밤이 이어졌다. 그런 날이 길어질수록 나의 불안도 함께 커져만 갔다. 이국적인 정취를 즐기거나 온전히 여행에 집중할 수가 없었다. 내가 혼자 떠나온 것을 모른 채 즐겁게 잘 지내고 있느냐고 묻는 부모님의 연락에는 거짓말을 둘러댔다. 응, 여기 엄청 좋아.

가방이 올지도 모른다는 생각에 다음 일정을 취소하고 리스본에 더 머무르게 되면서 나는 말 그대로 시간만 많아졌다. 처음에 가려고 했던 관광지는 이미 다 다녀왔고, 이제 어디로 가야 할지 몰랐다. 어느 날 강가에 멍하니 앉아 있다가 우연히 한국에서 온 여행객들을 만났다. 나의 가방 이야기에 그들은 하나같이 자기들 같으면 걱정이 되어 이렇게 못 있을 텐데 강가에 앉아 사람 구경이나 하는 내가 태평스러워 보인다고 했다. 내가? 내가 태평스럽다니, 태어나 처음 들어보는 말이었다. 나는 어린 시절 사진 속에서도 딱딱하게 굳은 어깨로 긴장을 드러내는, 언제나 전전긍긍 걱정을 안고 살아온 사람이었다. 그런데 그날의 나는 내가 보기에도 조금은 태평한 얼굴을 하고 있었다. 낯선 내 모습이 어쩐지 마음에 들었다. 그쯤에서 나는 가방이 돌아올 거라는 기대를 접고 포기 상태에 이르렀던 것 같다. 가방을 찾지 못한다면 리스본을 끝으로 한국에 돌아갈 것인가를 스스로 물었다. 길게 생각할 필요도 없었다. 나는 이대로 돌아가고 싶지 않았다. 에라 모르겠다! 걱정한다고 해서 가방을 찾을 수 있는 것도 아니다. 가방이 없어도 여행을 계속할 마음이라면 이런 걱정들이 다 무슨 소용인가. 그렇게 난생처음 진짜 짐 없는 여행이 시작되었다.

언제까지 무엇을 해야 한다는 계획은 사라진 짐과 함께 떠났다. 나는 느지막이 일어나 그날 아침 가고 싶은 곳에 갔다. 뒷골목에 숨겨진 카페와 헌책방을 찾아다녔고 혼자서도 스테이크에 와인을 곁들이며 분위기를 냈다. 짐이 없어도 제법 괜찮은 날들이었다. 때로는 해 질 무렵 시내 언덕에 있는 성에서 내려다본 풍경과 저녁놀이 너무 아름다워 누구라도 붙잡고 이것 좀 보라고 말하고 싶은 충동이 일기도 했다. 하지만 그 외로운 순간마저도 아름다운 기억으로 남았다. 짐이 없다는 건 불편하기도 했지만, 한편으로는 홀가분하기도 했다. 20kg이넘는 가방을 끌고 다닐 땐 얼마나 무겁고, 또 도둑이라도 맞을까 걱정했는지 새삼 떠올랐다. 가진 것이 없으니잃을 것도 없다는 말의 의미를 조금은 알 것 같았다.

나는 지금도 가장 좋았던 여행, 가장 추천하는 장소로 리스본을 꼽는다. 혹시나 가방이 올까 봐 일정을 바꾸면서까지 더 머물렀던 것이 나에게는 엄청난 행운이었다. 그 덕분에 나는 좋아하는 작가가 잠들어 있는 곳을 바라보며 그의 부인과 이야기하는 행운을 누렸다. 할일 없이 거리를 헤맨 덕분에 포르투갈의 대표 시인을 소개해 줄 아저씨를 만났고, 무엇보다 내가 생각보다 겁쟁이가 아니라는 것을 깨달았다. 그것은 내가 혼자 이 여행을 떠나온 진짜 목적이었다. 혼자 여행을 떠난다니 나를 겁 없이 용감하다고 생각하는 사람들이 많았다. 하지만 오히려 정반대였다. 나는 어린 시절부터 나를 감싸고 있던 두려움과 불안에서 벗어나고 싶어 떠나왔다.

그것은 누군가 괜찮다거나 할 수 있다고, 힘내라는 말을 해준다고 해서 되는 일이 아니었다. 어떤 사람이 달라질 수 있다면 그것은 오직 자신의 선택과 힘에 의해서만 가능한 것이 아닐까. 나는 내가 가진 모든 조건, 채우고자 애써왔던 결핍, 이후의 삶에 대해 더는 다른 사람을 탓하고 싶지 않았다. 모든 것은 내가 원한 것이었다고. 그에 대한 책임 또한 오롯이 내 몫으로 받아들이는 삶을 살고 싶었다. 낯선 곳으로의 여행은 나에게 그럴 힘과 용기가 있음을 확인하는 방법이었다. 겁나지만 그래도 한 발짝 내디디면 더 자유로워질 수 있을 것 같다는 말로 호기롭게 여행의 이유를 대며 그렇게 나는 떠나온 것이다. 결국 여행이 끝날 때까지 내가 걱정하던 무서운 일은 하나도 일어나지 않았다. 걱정해도 달라질 것이 없고, 걱정하지 않아도 별일이 일어나지 않는다는 것을 가르쳐준 여행. 잃어버린 짐 가방이 내 마음의 근심과 걱정까지 함께 가져가 버린 것일까. 꼬질꼬질한 상태에서도 리스본에서 찍은 사진 속의 나는 환하게 웃고 있었다.

일주일 뒤 마드리드 공항의 분실물 창고에서 나는 순식간에 핑크 리본을 찾아냈다. 무심한 공항 직원을 욕하면서 리스본행 여행 가방은 그렇게 돌아왔다. 어쩌면 우리 인생도 비슷한 게 아닐까. 내가 부친 캐리어가 제때 도착하지 않은 것처럼 인생도 계획대로 흘러가지 않을 수 있다. 그러나 그것이 꼭 나쁘기만 하지는 않을 것이다. 그동안 보지 못했던 풍경과 사람을 볼 수도 있고 자신의 새로운 모습을 발견할 수도 있다. 그리고 결국 내가 수만 개의 주인 잃은 가방 더미 속에서 내 핑크 리본을 찾았듯 우리의 삶도 각자의 속도로 돌아올 것이다.

이토록 크고 너그러운 아이들

　"나도 잘 모르겠는데…. 찾아보고 알려줄게." 특목고에 출근하던 첫해 거의 매시간 나는 이 말을 해야 했다. 이 말을 끝으로 교실을 나설 때면 늘 뒤통수가 따갑고 어디선가 수군대는 소리가 들리는 것 같았다. 나는 어쩌자고 여기에 온 걸까. 남들은 무슨 큰 뜻이 있어 특목고에 가냐고 했지만, 학교를 옮길 무렵 고등학교에 사회 교사의 자리가 마땅하지 않아 선택의 여지가 없었다. 특별한 선택권이 없었다고 해도 매번 미처 대답해주지 못한 질문을 뒤로 한 채 괜찮은 척 진땀을 숨겨야 한다는 것은 정말이지 못 할 노릇이었다. 새로 부임해가기 전 이것저것 공부하며 준비했어도 그곳에서의 첫해는 엉망이었다. 때로는 차라리 아프기라도 해서 다음 시간을 피하고 싶은 마음마저 들었다. 나는 학생들이 내 수업을 좋아하기를 간절히 원했지만, 그렇다고 똑똑한 학생을 가르치고 싶다는 바램 같은 건 단 한 번도 가져본 적이 없었다. 특목고든 아니든 똑똑한 학생의 존재는 오히려 부담스러웠다. 사실 나는 공부를 잘하는 학생들에 대해 부정적인 편견을 가지고 있었다. 남들보다 뛰어나니까 어쩐지 오만하지 않을까. 그러니 얼마나 잘 가르치나 보자는 식으로 나를 평가하고 있을 것만 같은 느낌. 그래서 더욱 그 시간이 괴로웠다.

수업이 끝나고 자리로 돌아오면 서둘러 메모해놓은 질문과 관련된 자료를 찾아 답변을 정리해야 했다. 시간을 끌면 질문 내용을 잊어버릴 수도 있었고, 상처 난 자존심도 빨리 회복하고 싶었다. 그래서 어느 정도 설명해 줄 수 있겠다 싶으면 바로 다음 쉬는 시간이나 점심시간을 이용해 질문했던 학생을 찾아가는 것이다. 아까 물었던 것 말이야, 그거 이렇게 해서 그런 거래. 그렇게 답변을 마치고 나면 또 다른 학생을 찾아가야 했다. 고등학교에 다닐 때 나는 학교에서 배우는 것을 대체 어디에 써먹을 수 있을지 회의적이었지만, 배우는 내용 자체에 대해서는 비판적인 생각이나 질문까지 나아가지 못했다. 교사가 된 후 만난 학생들 대부분도 질문이 없었다. 그러다 갑자기 질문 세례를 받는 상황을 맞이한 것이다. 그렇다고 굳은 얼굴로 쓸데없는 질문을 하지 말라거나 그런 건 중요하지 않다고 말할 수는 없었다. 그건 교사로서 내가 가진 이상향과 정반대에 있었다. 단지 내가 모른다는 것을 숨기기 위해서 그런 말을 한다면 자존심의 상처 정도가 아니라 나 자신을 정말로 미워했을 테니까.

그해 가을 나는 교원평가 결과를 확인하지 않기로 마음먹었다. 어떤 말이 적혀 있을지 두려웠고 상처받고 싶지 않았다. 그 평가지는 모두가 좋은 말을 적어주어도 단 한 마디가 맴돌아 다시 교실 문을 여는 게 두려워지도록 만드는 기분 나쁜 힘을 가지고 있었다. 하지만 끝내 나는 평가 결과를 열어보고야 말았다. 질문과 관련된 예상치 못한 글에 나는 상당히 충격을 받았다.

아무리 작은 질문이라도 잊어버리지 않고 알려준다. 질문을

하면 자료를 찾아보고 와서 정확하게 알려주려고 노력한다. 자신도 잊어버리고 있던 질문에 대해 직접 찾아와 알려줘서 고맙다.

나는 잠시 멍하니 있었다. 답을 알려주려 질문한 학생을 찾아갔을 때 좋아하던 얼굴도 떠올랐다. 왜 그때는 보지 못했던 걸까. 나에게는 학생들이 물어보는 그 순간에 바로 정확한 대답을 해주지 못한 것만, 무능한 교사라는 자책만 남아 있었다. 상처 난 내 자존심만 신경 쓰고 있었다. 그런데 이 아이들은 자신이 궁금해했던 것을 찾아서 알려주었다는 것만 기억하고 고마워했다.

그날 용기를 내어 평가 결과를 본 건 잘한 일이었다. 걱정했던 만큼 결과가 나쁘지 않아서만은 아니었다. 인간을 바라보는 나의 편협한 기준이 깨어지는 결정적인 계기가 되었기 때문이다. 나는 왜 이토록 너그러운 아이들을 오해했던 것일까. 아마도 나 자신이 "잘 모른다." 라고 말하는 선생님을 그럴 수도 있다고, 관대한 마음으로 받아들이지 못하기 때문이었을 것이다. 모른다는 말은 한두 번일 때나 솔직함과 겸손의 미덕으로 남을 수 있다고 생각했기 때문일 것이다. 학창 시절 나는 질문이 별로 없었지만, 간혹 질문을 했다면 답을 제대로 해주지 못하는 선생님을 은근히 무시하지는 않았을까. 아이들의 글은 고마우면서도 나를 부끄럽게 만들었다.

케이트 윈슬렛과 랄프 파인즈가 열연한 영화 〈더 리더: 책 읽어주는 남자〉의 주인공 한나는 글을 읽고 쓸 줄 모른다는 사실을 밝히기 싫어 나치의 유대인 학살을 주도적으로 도운 전쟁 범죄자로 남는 길을 택함으로써 종신형을 선고받는다. 그녀를 사랑했던 마이클은 문맹이라는 말을 하기 싫어서 끔찍한 범죄자가 되려는 한나를 이해할 수 없었다. 나는 나라면 어떻게 했을지 상상하며 영화를 보았고, 나 역시 한나와 같은 선택임을 확인했다. 동시에 마이클이 그랬던 것처럼 부도덕한 행위를 했다는 것보다 글을 모른다는 것이 더 못 견딜 일인지를 끊임없이 자문했다. 나는 도덕보다 지적 능력을 중시하는 사람이었던 것일까. 이렇게 물을 때마다 아니라고 자신 있게 대답할 수가 없었다. 어쩌면 그것이 내가 모른다는 말로 교실을 나설 때 숨고 싶었던 이유, 내 예상과는 전혀 다른 평가 결과를 보고 놀람과 부끄러움을 느꼈던 이유일 것이다. 나는 꽤 오랫동안 이 문제에 대해 고민했다. 내가 도덕과 지성을, 어쩌면 한 인간의 가치를 그런 식으로 평가하는 사람이라는 것을 받아들이기 힘들었다. 하지만 한나가 사랑했던 마이클이 그 재판을 보고 있지 않았다면 어땠을까. 다시 나였다면 사랑하는 남자가 보지 않는 곳에서는 문맹이라는 것을 순순히 인정했을 거라고 확신했다. 어쩌면 그건 도덕과 지성의 문제가 아니라 사랑의 문제가 아니었을까. 한나에게는 글을 모른다는 것이 최대의 약점이자 수치심의 근원이었고, 그것을 가장 사랑하는 사람에게 보여주기란 쉽지 않았을 것이다. 내 수치심의 근원도 비슷한 것이었다. 나는 학생들에게 잘 보이고 싶고 사랑받고 싶은 마음이 그렇게 컸던 걸까. 우리의 가장 취약한 부분은 어쩌면 가장 진실한 모습, 가장 중요한 정체성을 담고 있는지도 모른다. 우리는 모두 가면 뒤에 숨겨진 이 진짜 나, 가장 약한 나를 사랑해주었으면 하고 바라지만 이를 보여주기를 주저한다. 하지만 그렇게 잘 보이려 애쓰고 약한 모습을 숨길 때 오히려 상대방의 마음을 얻기가 힘들다는 것은 슬프지만 진실한 아이러니다.

　나는 정말로 완전히 수업을 망친 적이 있다. 하나의 개념이 헷갈리기 시작하면서 모든 것이 꼬여 엉망진창이 되었다. 마침 구원의 종이 울렸고 나는 또 처음 그때처럼 자리로 돌아와 새로 자료를 만든 뒤 다음 쉬는 시간에 맞춰 나눠주었다. 그 자료를 받아 든 학생은 내일 줘도 되는데 뭘 이렇게 빨리 고쳐왔느냐며 밝게 웃었다. 아무렇지 않게 아까 미안했다, 순간적으로 헷갈렸다고 말하며 돌아 나오는 기분이 한결 후련했다. 괜찮은 척이 아니라 진짜 아무렇지도 않잖아. 이상하네. 나 얘네한테 엄청나게 잘 보이고 싶은데. 나의 옹졸하고 좁은 세계는 이렇게 크고 너그러운 아이들이 들어와 조금씩 넓어지기 시작했다. 다 보여주어도 서로를 여전히 믿고 좋아할 수 있다고 말해주었기 때문에.

저, 어머님 아니거든요

띵동. "안녕하세요~ 어머님, 내일 오후에도 레슨 가
능하신가요?"

휴직 후 등록한 기타 학원에서 보내온 문자 메시지
를 열어보고 '어머님'이라는 세 글자가 머릿속을 맴돌
았다. 으응? 어머님? 지금 나한테 어머님이라고 부른
게 맞는 거지? 아무리 문자라고는 하지만 태어나 처음
듣는 어머님 소리는 묘하게 기분이 나빴다. 일단 나는
어머님이 아니다. 자녀가 없기도 하거니와 결혼도 아직
하지 않은 상태이다. 하지만 내가 기분이 나쁜 건 자녀
가 없다거나 결혼을 하지 않아서가 아니었다. 순간적으
로 "네, 시간 괜찮아요. 그런데 저 어머님 아니거든요."

라고 답장을 보내고 싶은 마음이 들었다. 하지만 굳이 그렇게 하는 게 어쩐지 유치한 것 같아 뒷말은 빼고 답을 보냈다. 내가 그렇게 나이가 들었나. 평일 오후 3시에 학원에 다닌다고 하니 초등학생 자녀를 둔 엄마라고 생각한 걸까. 아니면 그냥 딱히 부를 말이 없어서 하는 말인 걸까. 부를 말이 없으면 'OOO님'이라고 해도 되었을 텐데, 어머님이라는 말이 더 예의 바르고 상대를 존중하는 것으로 생각하는 걸까. 그 문자 한 마디에 이런 온갖 생각들이 우수수 머릿속에 떠올랐다. 그런데 뭐 별말 아닐 수도 있는데 내가 너무 예민한 건가. 차라리 나를 'OOO 씨'라고 불렀으면 아무렇지 않았을 것 같았다.

다음 날이 되어 학원에 처음으로 가게 되었다. 나는 내심 그 시간을 기다렸다. 직접 만나게 되면 내가 어머님이 아니라는 것을 알려줄 수 있을 것으로 생각했기 때문이다. 사실 내 입으로 말하지 않는 이상 어떻게 상대방이 나를 보고 아이가 있는지 없는지 알 수 있겠는가. 그런데도 나는 내 나름의 기준으로 최대한 젊어 보이게 꾸미고 가면 말하지 않아도 내가 그리 나이가 많지 않다는 것을 알 수 있을 거라 믿었다. 나는 그날 청바지에 흰색 스니커즈, 검정 가죽 재킷을 입고 빨간 에코백을 든 채 학원 문을 열었다. 마스크로 가려서 보이지도 않는데 볼 화장까지 하고, 평소에는 자연 바람이 좋다며 제대로 말리지도 않던 머리를 정성스럽게 말려 미용실 원장님이 태초에 만들어준 C컬펌을 최대한 살려서 말이다.

물론 선생님은 내가 어머님인지 아닌지, 또 내 나이 같은 것에는 관심이 없었다. 수업은 본연의 목적대로 진행되었고, 나는 집으로 돌아오는 길에 이런 내 모습을 떠올리고 피식 웃고 말았다. 학원에 짝사랑 상대나 잘 보이고 싶은 사람이 있었던 것도, 누가 나이 들어 보인다는 말을 한 것도 아닌데 '어머님'이라는 그 말 한마디 때문에 이러고 있다니. 젊은 아이 엄마도 있고, 게다가 나는 보통 결혼도 하고 아이도 있을 거라고 충분히 생각할 수 있는 나이이지 않은가. 처음 문자를 받았을 때 "저 어머님 아니에요."라고 말한 것보다 훨씬 더 유치해진 기분이었다. 영문도 모르는 학원 선생님을 상대로 나는 어머님이 아니라는 것을 증명하려고 혼자 용을 쓰는 것, 이것이야말로 내가 나이가 들었다는 가장 확실한 증거라는 생각이 들었다. 아주 가까운 사람에게는 웃으며 이야기할 수 있겠지만, 한편으로는 내 속마음을 들켜버린 것 같아 얼굴이 화끈거렸다. 평소 "나이가 드는 것은 자연스러운 일이다. 동안 열풍의 뒤에 있는 외모 지상주의와 연령 차별의 문제를 비판적으로 볼 필요가 있다."라는 식의 이야기를 늘어놓는 나였기 때문이다. 불과 얼마 전까지만 해도 큰 딸 눈가의 주름을 걱정하며 볼 때마다 아이 크림을 사라고 잔소리를 하던 엄마에게 "원래 나이 들면 다 그런 거야. 자연스러운 거라고!"라며 큰소리를 쳐 놓고는 말이다. 세상 쿨한 척 입바른 소리를 하더니, 어머님 소리 하나에 마음이 오르락내리락하는 사람이었다니. 진심은 이렇게 불쑥 예상치 못한 순간에 민낯을 드러낸다.

그날 오후 나는 여전히 젊음, 아니 정확히는 그것이 주는 어떤 이미지를 인정받고 싶은 내 안의 욕망을 보았다. 그것은 건강함, 활력, 신체적 매력, 아직 무엇이든 해도 된다는 허가증 같은 것으로 느껴졌다. 나는 평소 나이보다 젊어 보인다는 말을 더 많이 들었다. 그럴 때마다 쑥스러운 듯 아니라고 말하면서 은근히 그 말을 즐기고, 나 자신도 그렇다고 믿었는지 모른다. 아니, 그랬을 것이다. 그래서인지 결혼 여부나 자녀의 유무를 묻는 말보다 무심코 날아온 호칭 한마디를 더 편하게 받아줄 수가 없었다. 내가 젊음을 증명하겠답시고 꾸몄던 것은 사실 젊음과는 아무런 상관이 없다. 아무리 애를 쓴다고 해보았자 내 나이는 변하지 않으니까. 나는 젊음 그 자체보다 그렇게 '보이는 것'을 원했던 것이었다. 고작 스니커즈와 청바지, 에코백이 그런 상징이 될 거라고 믿고 있는 나를 누가 보고 있었다면 얼마나 웃겼을까. 나의 첫 기타 학원 방문이 이런 주도면밀한 목적하에 이루어졌다는 것은 지금 이 글을 쓰기 전까지 아무도 알지 못했다. 하지만 그 누구보다도 내가 알고 있으니 사실 다 아는 셈이지 뭔가.

며칠 뒤 직원으로부터 '어머님, 아버님'과 같은 호칭을 듣는 게 불쾌하다며 그냥 '손님'으로 부르는 것이 좋다는 인터뷰를 담은 신문 기사를 읽게 되었다. 그렇지, 그렇지! 나만 그런 게 아니었잖아. 사람 마음은 다 거기서 거기인 거야. 기사를 반겨 읽는 나를 보며 또 한 번 웃음이 났다. 그리고 선생님은 다음 문자엔 '어머님'이라는 말을 빼고 메시지를 보내왔다. 아무런 생각 없이 보냈을 것이 분명한 그 문자에 어쩐지 나는 묘한 안도감을 느꼈다.

<나의 아저씨>, 내가 너를 알아

　　10대, 20대, 30대를 거쳐오며 나는 스스로에 대해 생각하느라 다른 사람을 생각할 여력이 별로 없었다. 겉으로는 친절하고 남의 부탁을 잘 들어주고 공감도 잘해주는 사람으로 보였을지도 모르겠다. 하지만 나의 부족한 점을 채우려고, 남들 시선을 의식하는 나를 벗어나 진짜 나를 찾겠다고, 진정으로 원하는 것이 무엇인지 알아내려고 내 관심사는 온통 나였다. 나의 내면에서는 다른 사람과의 연결을 불편해하는 목소리가 있었다. 여기까지는 괜찮아, 하지만 이 이상 넘어오면 곤란해. 나는 인간관계에는 일정한 거리감과 선이 있어야 한다고 믿었고, 그 선을 넘어오려는 사람들을 경계했다. 서로를 너무 깊이 안다는 것에 대한 불안, 그렇게 알게 된 누군가

가 나의 자유로운 삶을 방해할 수도 있다고 생각했다. 더 근원적으로는 그렇게 깊이 알면 내 본 모습에 실망할 거라는 두려움이 있었다. 내 안에 있는 어린아이를 꺼내 보일 수가 없었다. 나는 자책을 많이 하는 편이었고, 잠자리에 들기 전에는 부끄러움에 이불을 차며 낮의 실수를 되새겨보는 쪽이었다. 직장에서 부당한 일을 겪었을 때도 상대를 욕하다가 끝에는 아무 말도 하지 못한 내가 더 미워지는 것이다. 어휴, 바보같이. 거기서 아무 말도 못 하고 뭐 하고 있었던 거야? 차라리 상대방에게 욕이라도 실컷 하면 다행이련만, 나는 '그때 내가 이랬다면…'이라는 이뤄지지 않을 가정과 남을 탓하고 욕해서는 안 된다는 이상한 도덕률로 비난의 화살을 모두 내게 쏘아댔다. 그러니 모두와 잘 지내면서도 속으로는 빨리 집에 가서 혼자 있고 싶었다. 아무도 욕하지 않는데 혼자 욕먹고 있는 기분에서 벗어나고 싶었다. 하지만 사실 나는 혼자 있고 싶지 않았다. 마음 더 깊은 속에서는 누군가와 진실로 연결되고 싶은 열망이 가득했다. 누가 나를 이해해주고 진짜 내 모습을 알아주기를, 이렇게 부족하고 괴로워하고 있지만 그래도 실은 생각보다 괜찮은 사람이라는 것을 믿어주기를.

"사람 알아버리면,

그 사람 알아버리면,

그 사람이 무슨 짓을 해도 상관없어. 내가 널 알아."

드라마 〈나의 아저씨〉에서 동훈(이선균 역)이 지안
(이지은 역)에게 던진 그 한마디, 내 안에 있는 진짜 욕
구는 바로 그것이었다. 너를 안다는 것, 내게는 그것이
곧 사랑한다는 말의 진짜 의미였다. 하지만 나도 의심
하는 걸 다른 사람이 어떻게 믿어줄 수 있을까. 무엇보
다 나는 누군가에게 그런 사람이었을까. 굳이 무게를 따
지자면 두 번째 물음이 더 슬펐다. 드라마 속에서 지안
은 아픈 과거의 상처로 마음의 문을 닫았으나 동훈을 만
나 위로받고 이해받으며 조금씩 성장하는 인물이다. 그
녀는 사채업자에게서 벗어나기 위해 동훈에게 접근하
고 그의 아내와 불륜을 저지른 후배의 사주로 동훈의 휴
대 전화까지 도청하게 된다. 이 모든 것이 밝혀지면 분
명 실망하리라, 자신을 미워하리라 생각했던 지안에게

동훈은 내가 너를 안다는 말로 비난을 대신했다. 그 장면에서 나는 눈물이 차올랐다. 슬퍼서가 아니라 무언가 씻겨 내려가는 듯한 느낌. 저런 사람이 있어 참 좋다는 마음이었다. 동훈은 지안이 자신의 가장 밑바닥 구석진 곳까지 다 알고 있었다는 사실, 그럼에도 자신을 지키려 애쓰고 있다는 것 또한 모두 알고 있었다. 동훈은 내가 널 안다고 말하면서 동시에 '너도 날 알잖아, 너도 다 알고도 모른 척 옆에 있어 줬잖아.'라고 말하고 있었다.

나는 관계를 맺는 것에 서투른 사람이었고, 스스로 개인주의자에 자유주의자라고 정의하며 방패를 둘렀다. 오랜 시간 동안 내가 어떤 사람이라는 것을 증명하려고 이리저리 애쓰며 나는 결국 인간이 그런 것으로 자신을 증명할 수 없는 존재라는 것을 어렴풋이 깨달았다. 나는 스스로 자존감이 낮다는 것을 인정해야만 했고, 또 가끔은 나에게 흐뭇해하기도 하면서 나를 바라보는 내 마음도 시시각각 변한다는 것을 알게 되었다. 자존감 열풍이 유행처럼 번지면서 어디에서나 만병의 근원이자 또 그 병의 치료약처럼 처방되고 있지만, 자존감 역시 고정된

값이 아니라 변하는 것 아닐까. 어쩌면 뭔가 증명하겠다는 마음을 버리고 자신을 잊어버릴 때 진짜 자신에게 가 닿는 것일지도 몰랐다.

내가 너를 안다. 나는 오랫동안 이 말을 듣는 사람이 되기를 원하며 그런 말을 해줄 누군가를 기다려 왔다. 하지만 동훈의 입에서 나오는 그 대사를 듣는 순간 누군 가에게 그 말을 해주는 사람이 되고 싶었다. 그 말을 듣는 것보다 해줄 수 있는 사람이 되는 것이 훨씬 더 커다란 기쁨일 거라는 확신도 생겼다. 그런 마음을 먹고 있는 내가 벌써 좋은 사람이 된 것만 같았다. 극 중 동훈처럼 조금 손해 보더라도, 또 똑같이 후회로 이불을 걷어차는 순간이 온다 해도 그때는 그런 나를 조금 더 귀엽게 봐줄 수 있지 않을까. 그거면 된다.

에필로그: 나는 노바디이자 섬바디입니다.[2]

10년 전쯤인가. 텔레비전을 보다 배우 배두나 씨가 하는 말을 듣고 '아, 참 괜찮은 사람이네.'라는 생각을 했다. 대중의 시선에 늘 노출되어있는 배우로서의 삶을 이야기하며 남들이 자신을 비난할 때는 '아니, 나도 이만하면 괜찮은 사람인데.'라고 생각하고, 칭찬할 때는 '아니, 나 그 정도는 아닌데.'라며 중심을 잡는다는 말이었다. 그날 이후 나는 그녀의 팬이 되었다. 사진 한 장에도 셀 수 없는 비난과 칭찬이 오가는 일을 하면서 그런 마음가짐으로 살 수 있다니 정말 괜찮지 않은가.

나는 어린 시절 내가 꿈꾸던 사람이 되려 애를 써왔다. 하지만 결국 내가 그리 대단한 존재가 아니었음을,

아무것도 아니라는 것을 확인해야만 했다. 내 내면이 풍부하게 가득 차 있었다면 그렇게 교양을 쌓으려고, 똑똑해 보이려고, 젊어 보이려고, 그 모든 것을 증명하려 구차하게 애쓰지 않아도 되었을 것이다. 나를 둘러싼 사람들과도 더욱 깊고 진실한 관계를 맺을 수 있었을 것이다.

김찬호의 책 『모멸감』에는 노바디(nobody)와 섬바디(somebody)라는 말이 나온다. 우리 말로 표현하자면 '아무것도 아닌 사람'과 '특별한 사람'이란 의미이다. 우리 인간에게는 그 두 가지가 모두 존재한다. 하지만 자기가 특별한 사람이 아니라는 것을 먼저 인정해야만, 그러니까 내 안의 노바디를 인정할 때만 섬바디로서의 가능성이 열린다고 한다. 스스로 노바디임을 인정하는 것은 다른 사람을 비하하거나 멸시하지 않도록 해주면서 자신에 대한 비난과 멸시도 막아준다.

나는 그렇게 괜찮거나 대단한 사람은 아니지만, 또 그 정도로 별로인 사람도 아니다. 이제 나는 그런 마음으로 진짜 좋은 사람, 내 안의 섬바디로서의 씨앗을 키우려 노력하고 있다. 여전히 애쓰며 노력하는 삶이지만 종착역은 분명 다를 것이다. 내가 이렇게나 불안하고 소심하고 자존감이 낮은 사람이었다는 것. 나의 지난 이야기를 털어놓는 것은 아직도 부끄럽다. 아… 괜히 썼나. 하지만 "내가 내 과거를 잊고 싶어 하는 만큼 다른 사람의 과거도 잊어주려고 하는 게 인간 아닙니까?" 라는, 동훈의 또 하나의 명대사처럼 나는 내 과거를 잊어주려고 한다. 이제부터 나는 노바디이자 섬바디입니다.

1) 이 제목은 『삐삐 롱스타킹』의 작가 아스트리드 린드그렌의 전기 『우리가 이토록 작고 외롭지 않다면』(2020, 창비)에서 따온 것임을 밝힌다.

2) '노바디'와 '섬바디'는 로버트 풀러의 『신분의 종말』에 나오는 개념으로, 김찬호 작가가 『모멸감』(2014, 문학과지성사)에서 인용해 쓴 글을 참고했다.

최시은

살림만 살았다. 만만치 않은

내 날개 위에 강아지가 올라탔다

날벼락 같은 소리

조잘조잘 일주일간의 크고 작은 일들을 잘도 들려주던 딸이 요즘 들어 통 말수가 줄었다. 딸은 서울에서 학교에 다니고 주말에 집에 온다. 무슨 일이 있는 건지 궁금은 하나, 선뜻 물어볼 용기는 없었다. 혹여나 날벼락 같은 소리가 날아들까 봐서 내심 마음을 졸이고 있던 터다. 딸 아이가 할 말이 있다며 다가온다. 드디어 올 것이 왔나 보다. 고인 침을 꿀꺽 삼켰다. 딸은 빙그르르 웃음을 띤다. 염려하는 그런 일들은 아닌가 보다.

"무슨 말인데 뜸을 들이니?"
"저 강아지 키워요."

날벼락이 떨어지면 이런 기분일까. 할 말을 잃은 나는 입을 닫아 버렸다. 순식간에 얼어붙은 내 표정을 살피던 딸은 집에 온 지 서너 시간 만에 살길을 찾아 돌아갔다. 딸은 어렸을 적부터 강아지를 키우겠다며 조르곤 했다. 그럴 때마다 동물은 함부로 키우는 것이 아니며 한 생명을 책임질 수 있을 때 키우는 거다. 너는 아직 어리니까 성인이 되면 그때 신중히 생각해보라고 다독였다. 딸은 스무 살하고도 세 살, 결정권이 생겼다고 여긴 걸까. 아직 학생 신분으로 학비와 생활비를 받아 쓰는 처지에 무시무시한 일을 저질러 놓았다. 언니와 함께 사는 작은 딸이 번갈아 가며 집에 오는 것도 이상한 징후였는데 강아지를 돌볼 당번을 서느라 그리한 것이었군. 미움과 배신감 마저 드는 딸을 보고 싶지도 단 한마디의 말도 하고 싶지 않았다.

기막힌 현실을 벗어나고자 작은 딸의 휴강에 맞춰 부산행 열차에 올랐다. 부산은 처음이라며 천진한 딸아이의 수다도 얼어붙은 마음을 녹이기에는 역부족이었다. 머릿속은 온통 개뿐이다. 나에게 개는 돌봐 줘야 하는 대상이 아닌 때로는 부럽고, 때로는 무서운 존재였다. 어린 시절 동네에는 집마다 한두 마리 개를 키웠다. 놀고먹는 사람은 있어도 개는 그러지 않았다. 낯선 이의 침입이 감지되면 긴박한 상황임을 주인에게 알린다. 한 마리가 짖으면 온 동네 개들이 따라 짖었다. 마치 연합 작전을 펼치는 듯이. 한밤중 개 짖는 소리가 산자락을 타고 온 세상으로 퍼져 갈 듯해도 나는 아무런 요동도 없이 자장가 삼아 잘도 잤다.

십일월 초부터 다음 해 사월이 되도록 겨울이 길었던 우리 마을은 눈이 많이 내리기로 유명했다. 사흘 연속 내리던 눈이 그치면 에스키모 닮은 아버지는 신발 위에 설피(가을에 다래 넝쿨로 만들어 둠)를 덧신고서 사냥 단짝과 산에 가신다. 눈 속에 파묻혀 오도 가도 못하는 꿩사냥을 나가시는 것이다. 겨울 산은 해가 짧다. 중천에 떠 있는 해를 믿으면 자칫 사고를 당할 수도 있다. 물론 산 사람들은 바보 같은 일을 당하지는 않는다. 해가 산 능선에 걸려 꼴깍 넘어가기 직전 다행히 아버지는 꿩 한 마리를 손에 들고 오신다. 개의 한껏 벌어진 입과

처진 등줄기가 사냥이 쉽지만은 않았음을 짐작하게 한
다. 나는 눈사람을 만들고 썰매를 타는 놀이가 고작인데,
(아버지는 비료 포대에 옥수수 단을 넣은 썰매와 나무판
에 철사를 박아 스케이트를 만들어 주셨지만 놀아주지
는 않으셨다) 아버지와 산골짝을 누비는 개가 부럽기도
했다.

초등학교에 입학하자 개는 곤혹스러운 존재로 다가
왔다. 삼십 분 거리의 학교 길에서 사람보다 개를 훨씬
많이 만났다. 공격성이 강한 개들은 집 밖 출입이 제한
적이었지만 나머지 개들은 자유가 있었다. 동네를 벗어
나 학교가 있는 아랫마을까지 어슬렁거리며 그들의 세
상을 살았다. 그런 개들 눈에 우리는 만만해 보였을 거
다. 돌멩이와 막대기를 주워 들고 달려오는 개들을 향해
방어와 공격을 해가며 오가는 길은 험난했다. 엄마는 무
서워 말고 당당히 걸어가면 덤비지 않는다며 조언해주
었지만, 말처럼 쉽지 않았다. 발걸음은 어느샌가 빨라지
고 누가 먼저 뛰기라도 하면 책가방 끈을 부여잡고 걸음
아 나 살려라. 도망쳤다. 개들은 그런 아이들이 자기들과

돌아 준다고 여기지 않았을까 하는 생각이, 아주 오랜

시간이 지나 미포 철길을 걸으며 문득 든다.

만남은 그렇게 시작되고

　강릉으로 이사 간 친구가 팬텀싱어(tv오디션 프로그램) 콘서트에 가지 않겠느냐며 데이트 신청을 해왔다. 오랜만에 친구 얼굴도 보고 바람도 쐴 겸 고마운 마음에 흔쾌히 응했다. 올림픽 공원 잔디 광장에 모여드는 인파 속에서 내 얼굴만큼 더 큰 친구는 금방 눈에 띄었다. 콘서트는 처음이라 노련한 친구 도움을 받아 가며 입장권 띠를 손목에 두르고 간식거리를 사들고서 그늘이 드리워진 잔디밭에 앉았다. 가볍게 불어오는 바람은 초여름 오후의 더위와 콘서트의 열기를 간간이 날려주었다.

　친구는 답답한 내 마음을 알아주려나. 발등의 불인 강아지 사건을 꺼냈다. 그 시절 친구는 강아지 두 마리를 키우고 있었고, 그중 한 녀석은 첫 주인에게 버림받은 트라우마로 산책도 쉽지 않다고 했다. 부부 교사인 친구는 남편이 지방 소도시로 전근을 자처하여 집을 떠나고 아들도 대학진학으로 집을 떠나자, 딸과 강릉으로 거처를 옮겼다. 주말 부부는 조상 3대가 공을 쌓아야 가능하다는 우스갯소리가 있다. 친구 속이야 모르겠으나 주변의 부러움까지 샀는데, 갑자기 가족 둘이 떠난 자리에 강아지 두 마리가 채워지는 놀라운 일이 벌어진 것이다. 강아지를 데리고 엘리베이터를 탄 사람이 '우리 강아지는 물지 않아요.' 한 말에 격분도 했던 친구가 두 마리의 강아지를 키우고 있다는 사실이, 들려오는 이탈리아 가곡의 뜻만큼이나 아리송하다. 콘서트도 우리의 이야기도 끝이 나고, 다음에는 내가 초대장을 준비하겠노라 약속을 철석같이 하고서 헤어졌다. 친구의 이런저런 변화가 동기가 된 걸까. 서울 온 김에 딸의 마음을 훔친 녀석을 한번 봐야겠다.

현관문을 열었다. 전에 모습은 없다. 뒤죽박죽 책들 구분 없이 쌓인 식기 화장실 타일 색은 뭐였더라. 가끔

올 때마다 고무장갑을 끼고 청소하느라 진땀을 빼기 일 쑤였는데… 다른 집에 온 것이 아닌 건 확실하다. 딸이 강아지 한 놈을 들고 반긴다. 녀석의 새카만 눈이 내 눈에 쏙 들어왔다. 딸은 저 눈에 마음을 빼앗긴 걸까. 현관과 거실 사이에 울타리가 가로 놓였고 바닥에는 노랗고 파란 매트들이 깔렸다. 밥그릇 물그릇 건너편으로 하얀 대소변 패드도 보인다. 집안에 집이 있다. 녀석의 집인가보다. 나는 피곤도 했거니와 이 상황이 달갑지도 않아 일찍 잠자리에 들었다. 딸은 방을 내어주고 녀석이랑 거실에 누웠다. 사람을 아주 좋아한다는 녀석은 방문을 긁어대며 나를 부른다.

"라떼, 사람들이 다 너 좋아하는 거 아니야. 이리와."

녀석 이름이 라떼인가 보다. 먹는 것도 아니고 라떼는 무슨 라떼!?

강아지의 보모가 되다

"엄마, 이번 주 라떼 데리고 가도 돼요?"

강아지를 데리고 가도 되느냐는 물음을 거절 못 한
채 어떻게 대처해야 하나 긴장과 걱정이 밀려왔다. 딸
집에서 본건 있어서 두 녀석의 도착 시간에 맞춰 먼저
카펫 두 장을 깔고 서랍장 꼭대기에 잠들어 있던 그릇을
꺼내 밥그릇 물그릇을 준비했다. 혹시 몰라 물도 끓여서
식혀두었다. 한 번의 전철을 갈아타고 또 한 번 광역버
스를 갈아타는 두 시간의 길을 딸은 강아지를 넣은 가방
과 녀석의 밥, 간식, 패드, 장난감이 든 가방을 들고서 녹
초가 되어 나타났다. 이게 무슨 개고생이람. 지쳐 쓰러
진 딸과 그저 신기하고 좋기만 하다고 날뛰는 녀석을 보

고 있자니 우습기도 슬프기도 하다. 가끔 손님이 오지만 개 손님은 처음이다. 손님은 왔는데 음식을 대접할 일도 잠자리를 준비할 일도 없다. 딸은 밥을 먹이고 대소변을 치우고 놀아주며 한시도 눈길을 떼지 않는다. 개 키우느라 공부는 제대로 하는지 눈으로 직접 보니 더 기가 막혔다. 이 노릇을 어찌할꼬. 하룻밤이 지났다. 돌아갈 길을 생각하니 안 되겠다.

"엄마가 선바위역까지 데려다줄게."
"헤헤, 고마워요."

강아지 보모역할은 이렇게 시작되었다. 딸은 격주로 강아지를 데려 왔고 나는 역까지 마중을 가고 배웅을 했다. 딸의 고생을 덜어주고자 자처한 일이 언제부터인가 의무가 되어버렸다. 살면서 대놓고 팔자타령을 해보진 않았는데 아, 왜들 팔자타령을 하는지 알 것도 같다.

두 딸은 여름방학을 맞아 집으로 돌아왔다. 강아지도 함께. 강아지는 서서히 가족이 되어가고 있었다. 타고 난 귀여움과 영특함으로 웃을 일도 많았다. 이런 즐거움에 강아지를 키우는가 여기던 차에 사건이 터지고 말았다. 연일 비가 내리던 주말 오후. '신과 함께.' 영화를 다운받아 보던 중이었다. 남편이 갑자기 버럭 소리를 지른다.

"너 개새끼 데리고 서울 가."

사건의 발단은 이랬다. 딸은 강아지를 아기 다루듯했다. 우리에게 어떻게 녀석을 만지고 안아야 하는지 알려주었건만, 남편은 코를 손가락으로 톡톡 튀기며 장난을 했고 생식기를 건드리기까지 했다. 사실 이 문제로 몇 번의 언쟁이 있었으나 조율에 실패했다. 남편은 개는 그래도 된다는 사고였으니 언제가 터질 것이 터진 것이다. 가방 두 개를 챙겨 든 딸을 태우고 역으로 가는 차 안에서 달랬다.

"아빠는 옛날 사람이야. 그때는 그래도 아무 문제가 없었거든. 어쩌면 더한 짓도 개에게 했을걸. 물론 그러면 안 되지만 말이야. 세상이 바뀐 것을 아빠는 받아들이기가 쉽지 않은가 봐. 네가 이해해. 엄마가 잘 얘기해 볼게."

몇 주가 지났다고 벌써 자기의 잘못을 잊은 건지, 남편은 아무 일 없었다는 듯 주말인데 강아지가 왜 오지 않느냐며 묻는다. 당신 때문에 안 오는 거야. 말해줘도 내가 뭐 어째서 한다. 끝도 모를 곳에서 뜨거운 한숨이 올라온다. 인천에 스케줄을 포기할 수 없어 와야 하는 딸은 집에 오는 것도 이래저래 고생이고 아빠 눈치도 보이니 엄마가 서울로 와달라며 부탁한다. 강아지 보모를 하러 가며 뜬금없는 생각이⋯ 누가 나에게 어디 가냐고 하면

"뭐라고요. 아기도 아니고 강아지를 봐주러 간다고요?"

"그러게요. 어쩌다 보니⋯"

네가 아프니 나도 아프다

"엄마. 라떼 병원 다녀왔는데요. 소화 기능이 약하고 심장도 약하고 특히 무릎 관절이 안 좋은데 벌써 2기가 진행 중인 것 같다고 해요. CT를 찍어봐야 더 자세히 알 수 있다는데 어떡해요. 라떼 불쌍해서요."

산 넘어 산이라더니. 이건 또 무슨 마른하늘에 날벼락이야! 레슨비 받아 겨우 강아지를 키우면서… 팔짱을 끼고 서서 창밖을 얼마나 바라보았을까. 미우나 고우나 이럴 때 생각나는 건 남편이다. 버튼을 꾹 눌렀다. 속상한 마음이나 털어놓고자 한 심상이었는데 남편은 고맙게도 병원비를 내어주겠다고 했다. 딸은 아빠의 뜻밖의 호의에 놀라워했다. 며칠 후, 강아지 진료 결과를 알려왔다. 푸들 종이 다리가 길어서 관절이 약하단다. 다행히 심장은 괜찮고 소화 기능은 자라면서 좋아진다니… 딸의 안도와 걱정이 뒤섞인 목소리가, 자주 아팠던 딸을 키울 때의 내 마음과 다를 바 없어 보였다. 고생을 자처한 딸이 못마땅하기 그지없다.

강아지가 아프니 보험 생각이 났다. 동물병원 진료비가 비싸다는 것은 풍문으로 들어 알고 있었다. 그러니 보험이 필수지만 우리나라 동물 보험은 아직 체계가 갖추어지지 않아 가입하면 손해일 수도 있다는데. 그래도 없는 것보다 낫지 않을까. 혹시나 해를 입을지 해를 끼칠지를 대비한 특약 문구를 넣고서, 딸은 자신이 아닌 강아지 보험을 생애 첫 보험으로 가입했다.

먹으면 체하고, 화장실을 다녀와도 시원하지 않다. 병원을 죽기보다 싫어하는 내가 진료실 의자에 앉았다. 스트레스받는 일이 있느냐며 묻는다. '강아지 때문에 힘들어요.' 목구멍까지 올라온 말을 집어넣었다. 소화제와 방광염 약을 한 보따리를 받아 들었다. 그래, 스트레스를

받지 않아야 한다. 마음의 거리두기가 필요했다. '엄마가 아프다. 마음고생이 심했나 봐. 강아지 얘기는 안 했으면 해.'

이해받지 못한 나 이해하지 못한 나

포리스트 카터의 자전적 소설 『내 영혼이 따뜻했던 날들』에 일부분이다.

'할머니는 이해와 사랑은 당연히 같은 것이라고 하셨다. 이해하지도 못하면서 사랑하는 체하는 사람들이 있긴 하지만, 그런 사랑은 진정한 사랑이 아니라고 하시면서.'

나는 사랑하지 못해 이해하지 못한 걸까. 이해하지 못해 사랑하지 못한 걸까. 다시 원점에서 이 상황들을 돌아봐야겠다. 엄마가 되면 거짓말이 는다는데 맞는 말인 듯. 내 눈에 딸은 예쁘고 사랑스러운 천사였다. 딸이 일곱 살이 되던 해 어느 봄날, 그때는 미처 몰랐던 길고

어두운 터널의 입구에 들어섰다. 딸의 손을 잡고 바이올린 학원 문을 열었다. 마치 내가 배우러 오기라도 한 듯한 설렘을 안고서. 무엇이 되는 것보다 어떻게 사는 것이 더 중요하다는 것을 알아 버린 나이에 이르러서야 돌아보니 나는 어쩌면 무모한 엄마였다.

딸은 바이올린을 좋아했고 제법 재능을 보였다. 취미가 전공으로 바뀌자, 연습 강도는 점점 높아가고 딸의 얼굴에 웃음기도 사라져 갔다. 지켜보는 마음이 편할 리 없지만 '그래도 나는 네가 부럽다. 나도 나의 꿈을 위해 나 같은 엄마가 있었다면 얼마나 좋았을까. 저 녀석이 복인 줄도 모르고 투정이야. 언젠가는 엄마 잘 키워 주셔서 고맙습니다. 할걸!?' 혼잣말로 안위하며 뻑뻑해진 날들을 견디었다.

우리 집은 내가 초등학교 4학년 때 시내로 이사를 나왔다. 동서남북 사거리에는 가게들이 즐비했다. 가게 간판의 이름과 전화번호를 읽는 재미로 한동안은 고개를 반쯤 쳐들고 다녔다. 다니던 교회에 어느 주일날 작고 예쁜 언니가 등장했다. 시내에 피아노학원을 시작한 언니네는 서울에서 이사를 왔다고 했다. 서울 말씨를 쓰는 언니 말은 귀를 쫑긋 세우고 신중히 들어야 한다. 물어보는 말인지 그렇다는 말인지….

피아노를 잘 치는 언니는 금세 나의 로망이 되었다. 엄마에게 어떻게 말을 해야 할지 수개월을 고민했던 것 같다. 드디어 용기를 냈다. 주일 저녁 예배를 마치고 집으로 돌아가는 길, 내가 얼마나 간절히 피아노를 배우고 싶은지와 학원비는 삼일 품앗이를 하면 벌 수 있다며 구체적으로 얘기했다. 전에는 보지 못했던 엄마의 얼굴, 전혀 생각지 않은 이야기를 전해 들을 때의 표정이었다. 딸이 삼일의 품앗이를 말할 때는 더 기가 막히지 않았으려나. 엄마는 내 말이 끝나기가 무섭게 '안돼.' 했고, 엄마의 그림자 끝을 밟으며 걷는 나도 엄마도 더는 말이 없었다.

절실함을 거절 받은 것은 어린 시절만의 일은 아니었다. 큰딸 임신을 하고 남편에게 '자기야, 나 흔들의자

사 주면 좋겠어. 다리에 쥐도 내리고 자꾸 저려서 잠들기 쉽지 않아.' 나의 두 번째 절실했던 말인 것 같다. 이불을 깔고 누운 바닥은 배가 불러 갈수록 점점 딱딱해져 가고 내 몸은 안식처가 필요했다. 정말이지 흔들의자에 앉으면 잠이 올 것 같았다. 남편은 엄마처럼 안 된다. 하지도 않았다. 내 말을 듣긴 했는데 대답이 없었다. 학원을 가지 못한 것과 흔들의자에 앉지 못한 아쉬움도 컸지만 간절함을 이해받지 못했다는 것에 더 큰 상실감을 느꼈던 것 같다.

딸은 힘겨운 터널을 통과하여 대학에 가고 어두웠던 얼굴빛도 생기를 찾아갔다. '고생 많았어. 엄마는 여기까지야. 이제는 너 인생 네가 만들어 가는 거야. 너의 선택을 응원하고 바라볼게.' 그랬다. 딸의 선택을 응원하고 바라본다고 했다. 그랬는데, 그러지 못했다. 강아지는 딸 인생의 첫 번째 선택이었던 것을! 이해받지 못한 나와 이해하지 못한 내가 놓지 못한 딸을 붙들고 갈 길을 잃은 채 우두커니 섰다.

더 큰 가방을 싸 들고서

마지막 학기를 끝낸 딸은 더 큰 가방을 싸 들고서 집으로 왔다. 물론 서울 집 계약이 만료되는 시점까지라는 조건으로 말이다. (계약대로라면 한 달이었으나, 실제로는 사 개월이 걸렸다) 한 달쯤이야. 그동안 이해해주지 못한 미안함과 잘못도 없는 강아지를 밀어내기만 했으니 마음에 짐을 덜 기회라고 여겼다.

아침마다 문을 긁어대는 강아지를 거실에 내어다 놓고 방으로 들어간 딸은 한나절이나 되어서야 얼굴을 비치기 일쑤다. 놀아 달라는 강아지를 달래가며 남편 출근을 시키고 밥그릇 물그릇을 씻어 녀석의 아침밥을 챙겼다. 밥그릇에 담긴 밥은 씹지도 않고 거의 삼키는 버릇이 있다. 걱정이다. 이 녀석. 또 토하겠는걸. 아니나 다를까, 토한다. 딸은 강아지를 안고 나는 운전기사를 하며 동네 병원으로 향한다. 위가 약하니까 천천히 먹이란다. 방법이 뭐가 있을까. 그래. 손바닥에 한알 한알 씩 올려놓고 먹여 보자. 녀석은 혓바닥을 날름 내밀어 가져다 씹는다. 식감 좋은 과자를 먹을 때 나는 소리가 난다. '어이구, 귀여운 녀석 꼭꼭 씹어 먹어. 아프지 말고.' 토했다고 병원, 벌레가 코끝을 물었다고 병원, 갑자기 꼼짝하지 않고 서 있기만 하니 어디가 아픈 건가 또 병원을 갔다.

함께 사니 강아지 훈련법도 배워야 했다. 다리에 매달리면 녀석의 눈앞에 손가락을 대고서 단호히 '안돼.' 외치란다. 그러나 그 애절한 눈빛을 외면하지 못해 매번 실패하고 만다. 녀석이 무릎에 누워 잠이라도 들면 저린 발을 주물러 가며 꼼짝없이 벌을 섰다. 바닥에 내려놓으면 깨어버릴 것 같아서. 자는 모습은 아기나 강아지나 사랑스럽긴 마찬가지다. 새근새근 숨소리, 가끔 들리는 코 고는 소리도. '너는 어디서 왔니. 부지런한 주인을 만났더라면 매일 산책도 하고 좋았을걸. 너를 사랑한다는 주인은 아직 너를 덜 이해했구나.' 딸이 강아지를 키우는 건지 내가 강아지를 키우는 건지 날이 갈수록 이상기류가 흘렀다. 딸은 은근슬쩍 부담스러운 말도 던진다. 이건 뭐지? 내가 강아지 주인인가? 어디선가 들은 이야기가 번뜩 스친다. 아들이 키우던 강아지를 집에다 두고 가버렸다고. 그래서 키우게 되었다는… 이러다가 녀석을 떠안게 될까 봐서 겁이 덜컹 났다. 딸을 불러 앉혔다.

"엄마는 강아지에 대해 잘 모르지만, 너처럼 키우면 안 된다는 것쯤은 알아. 때리고 굶기고 버리는 것만 학대가 아니라, 일어날 시간과 자는 시간이 들쑥날쑥하고 제때 밥을 주지 않고 산책을 시키지 않는 것도 학대인 거야."

딸은 학교생활에 맞춰 강아지도 그리 생활하게 되었다는 해명을 했다. 일찍 일어나 밥 챙기고 산책도 하겠노라는 다짐을 듣고, 엄마가 왜 그리 반대했는지 알겠느냐는 말을 덧붙이고서 엄포는 끝이 났다. 긴 하루하루가 지나 여름이 가고, 가을이 와서야 이사를 했다. 호출해도 달려가지 못할 거리에 집을 얻고 싶었으나, 걸어 십오 분 거리다. 부디 아프지 말고 건강하게 잘 살기를 바라는 마음을 가득 담아 떠나보냈다.

책방에서 라떼는 팔지 않습니다

삼 년 전 크리스마스가 다가오던 날, 이웃에 사는 동생이 동네 책방에 놀러 가자고 해 따라나섰다. 그날 나는 책방을 다녀와서 인생 2막을 계획했다. 책방지기를 하기로! (우리 부부는 언젠가 전원생활을 하려고 수년 전 집터를 구입했다) 늘 무언가를 배우고 도전하는 나를 바라보는 남편의 시선이 곱지만은 않았다. '왜 저러고 고생을 해. 편히 살지.' 그럴 때마다 내가 하는 말은 한결같다.

"나는 말이야. 파파 할머니가 되어도 요즘 뭐 하세요? 물으면, 애들이 어쩌고 남편이 저쩌고 가 아니라 나는, 으로 시작하는 이야기를 하는 것, 내가 주연인 삶이

꿈이야."

이번에는 단단히 결심한 바가 있다는 듯이 보였을까. 늘 꿈만 꾸는 모습이 애처로워 보인 걸까. 남편은 그리 긴 시간이 지나지 않아 통 큰 동의를 해주었다. 무심하고 못되게 굴 때도 많지만 가끔 내 편도 되어주니 내 남편 맞다.

딸과 라떼가 마실을 왔다. 라떼는 일일이 손바닥을 핥아가며 자기 방식의 인사를 하고 헐레벌떡 물을 먹고서야 내 무릎 위에 앉는다. 그러고 보니 우리는 미운 정 고운 정 듬뿍 든 사이다. 이웃사촌이 되어서인지 각자 조금씩 배려도 하는 모양새이다. 요즘 우리 집 화젯거리는 책방이다. 토목공사와 수도공사를 하고 정화조를 묻고… 세상에서 가장 작은 책방을 짓는 듯한데 작아도 집은 집인지라 건축 절차는 꽤 복잡하다. 마당 귀퉁이 감나무에 올해도 감이 주렁주렁 열려 익어가는 가을에는 책방 간판을 걸 수 있었으면 좋겠다. 큰딸은 축하 음악회를 열어 주겠다 하고, 플로리스트 작은딸은 무대를 꾸

며주겠단다.

　내려앉는 어둠 위로 차오른 별빛이 마당에 쏟아지면 별을 닮은 알전구를 켜놓고 우리는 첫 음악회의 막을 연다. 간간이 들리는 풀벌레 소리도 아름다운 바이올린 선율에 묻혀가다, 갑자기 라떼가 짖기라도 하면 어떻게 되는 거지? 그나저나,

　"라떼, 너는 꿈이 뭐야?"
　"……"
　"뭐라고, 내 날개 위에 올라타겠다고?"
　"하하, 가끔 태워주세요. 라떼 가벼워요."

　책방에서 라떼는 팔지 않기로 했다.

에필로그

산책하다 라떼가 보고 싶을 때면 발걸음을 돌린다. 라떼는 언제나처럼 이런저런 이야기를 주인 만큼이나 잘도 주절거린다. 혓바닥 다 닳겠다는 잔소리를 듣고서야 말똥말똥 까만 눈으로 쳐다본다. 갑자기 내 삶에 훅 들어온 강아지로 갈등과 아픔, 웃음이 뒤섞였던 지난날들이 주마등처럼 지나간다. 언젠가 턱 끝에 찬 숨을 몰아쉬며 나는 또 어떤 모양의 길을 회상하게 될지 모르는 삶은, 오늘도 진행형이다. 모르니까 갈 수 있는 길 모르니까 축복이다.

동물이 살기 좋은 나라가 결국 사람이 살기 좋은 나라라는데 이 땅에 수많은 라떼들의 꿈, 버려지는 라떼들이 없기를 바라는 마음으로 고민해 보았다. 인천시가 추진하고 있는 들개 포획 사업이 찬반 논란을 빚으며 여전히 시끄럽다. 피해를 입었거나 위험을 호소하는 주민들은 포획이 최선이라 하고, 반대 견해의 동물보호단체와 주민들은 별다른 피해를 주지 않는 개와 어린 강아지까지 잡는 것은 문제가 있다며 맞서고 있다. 양쪽 모두 틀린 말은 없어 보인다. 다만 정책적으로 '소 잃고 외양간 고치는 격'이 계속되니 안타깝다. 애견 선진국의 좋은 제도를 우리 환경과 실정을 고려해 도입해보면 어떨까.

한 예로, 애견 분양 입양 자격 교육을 시행하고 그에 따른 필요한 서비스를 제공하는 것. 애견 분양, 입양 자격이 시행되면 적어도 다음의 사안들은 점검해 볼 수 있지 않을까 싶다. 강아지는 동물이 아닌 생명(가족), 견종별 성격과 성견이 되었을 때 크기와 몸무게, 의료, 안전사고에 대비한 보험, 시기별 예방접종, 산책 시 목줄 착용 의무, 배설물 처리 필요성, 가족 구성원의 반대는 없는지, 혼자 긴 시간 있을 일이 얼마나 자주 발생하는지, 며칠씩 집을 비울 때 맡길 곳이 주변에 있는지, 알레르기 유무 등 강아지가 좋아서 키워보겠다는 마음에서, 키우게 되었을 때 발생 가능한 일들을 예상하고 꼼꼼히 따져본다면 현명한 선택을 할 수 있으리라 생각한다. 개로 인해 발생하는 갈등 요소는 결국 사회 구성원들이 해결해야 할 문제다. 우리나라 애견인구 천오백만이 코앞에 다가왔다는 기사를 접했다. 늘어난 수만큼이나 애견문화도 함께 성숙해가기를 바란다.

병이 있거나 장애를 가졌거나 노견이 되었어도 처음 마음 그대로 보호하고 돌봐주는 애견 천사들에게 감히 고마운 마음을 전하며 글을 마친다.

황아슬

지옥철에서
안전문 유리에 적힌 시를 읽고
멈춰서길 여러 번

부끄럽게 집어 든 시집을
몰래 들고 다니다가

시의 힘을 빌려
이야기를 시작하는
작고 소등한 존재입니다

내피셜:
너님에게 전하는 나님의 이야기

내피셜

남의 목소리로 살던 사람이
자신의 목소리로 살려면 완전히 죽어야한다.
쥐고 살던 모든 것을 버려야 하기 때문이다.
아니, 살기 위해 쥐고 있던 모든 것을 버려야 한다.
외부로부터의 인정, 안정된 삶,
오랫동안 쌓아온 경험들 모두를

겨우 모든 것을 버려도 바로 시작되지 않는다.
아기가 말을 배우는 것만큼이나 더디다.
하지만 시작된다.

정말로 멈춰서 자신에게 시간을 준다면
그 시간 속에서 세상에 휘말리지 않고 가만히 관찰한다면
자연스럽게 때가 온다.

아기가 말을 배우는 것처럼

그렇게 자신의 목소리를 찾으면
더는 속지 않는다.
가짜들이 만든 오류와 모순을 알아챈다.
오류와 모순을 사용할지언정 휘둘리지 않는다.

보고 듣고 느끼고 생각하는 모든 것을 진짜로 한다.

그리고 세상에 없는 자신만의 목소리를 꺼낸다.
아니, 꺼내고 보면 세상에 없는 것이다

세상에 나와 똑같은 인생을 살아온 사람은 없기 때문이다.

시작한다.
나의 내피셜한 이야기를

#제목이궁금해#뇌피셜아님
#낚시죄송요#근데그말밖엔

첫 숨

시원하게 숨 쉬고 나서야
오래도록 참았다는 걸 알았다

첫 숨을 힘겹게 몰아쉬고 나니
무엇을 위해
누구를 위해
그동안 숨을 참았는지
무슨 이유로
말을 못 하고 살았는지
알다가도 모르겠다

아무렴 어떤가

확실히 알게 된 건

숨을 참으려면 죽을 각오를 해야 하지만

숨을 쉬려면 힘만 빼면 된다는 것,

내 존재를 알리고도

부끄러워하지 않을

때 묻지 않은 용기만 있으면 가능하다는 것이다

#아닥이진리가아냐#묵은입냄새엔가그린

#고마워요수연님#숨쉬라고해줘서

그것까지 미안해하고 싶지는 않네요

괜찮다고 말하지 마세요

그 말은 내 안에서 나올 때만 가능하니까요

당신에게서 온 괜찮다는

아무런 온기도 느껴지지 않는걸요

뭘 그렇게 고민하냐고 말하지 마세요

이건 내 선택이고

당신은 저 같은 고민을 해본 적이

없다는 증거일 뿐이니까요

당신의 눈이

당신의 입이

당신의 손이

나와 다르게 생겼듯이

제가 겪은 일을
그 일에서 느낀 감정을
그 감정을 헤아리는 제 심정을
당신은 알지 못해요

그래서 더더욱
온 힘을 다해
내 안에서 일어나는 터질 듯한 고통을
받아들이고 해석하려 애쓰고 있으니

괜찮다는 말로 이런 제 노력을 멈추려고 하지 마세요

아직 온전히 감당하지 못해
터져 나오는 고통을
보기 어렵다면
그냥 지나가세요

차마

그것까지

미안해하고 싶지는 않네요

#프로팬찮러사절#그건니생각이고
#아무말도안했는데#노관심노스트레스

읽으면 찝찝한 책을 요약하면

혹시 모를까 봐 이야기하는 거야

나 좀 고생했으니까 믿어도 괜찮다

그리고 고생한 이야기 한다고 오해하지는 마라

완전 흙수저는 아니었어

이렇게 책도 냈고 스펙도 챙겼어

완전 열심히 해보고 말하는 거야

끝으로 너 아픈 거보다

훨얼씬 더 많이 아파본 내가 이야기하니까 잘 들어라

세상 살 만해 그러니까 기쁘게 살아

아 오해하지는 마

내가 시키는 대로 하라는 건 아니야

너 하고 싶은 대로 하면 되는 거야

유노와람세잉?

#대체뭔소리지#조회시간인줄
#안사고읽어본게다행#사실산것도몇개있음

내가 좋아하는 책을 줄여보면

난 이렇게 생각해

왜냐하면 내가 이런 사람이라서 그래

나는 이런 부분이 있어서 그런지

나도 모르게 그렇게 되더라고

그리고 있잖아, 요즘은 또 이런 생각이 들더라고

참 생각은 변하기도 하고

변하지 않기도 하는데

이런 부분에서는 나도 어쩔 수 없는 사람인가 봐

옛날 사람들이 한 말이 이제 좀 이해가 되거든

그렇다고 옛말이 모두 맞는 건 또 아니란 말이지

좋은지 나쁜지 누가 알겠어?

#취향존중#취향저격
#개인의취향#타인의취향
#좋은지나쁜지누가아는가

그 말에는 대답하기 싫습니다

은밀하게 허락을 요구하는
당신의 질문에 절대로 대답하지 않겠습니다

제가 침묵하면
당신은 다른 누군가를 찾아가서
그토록 원하는 허락을 구하기 위해
자신의 에너지를 모두 바치다가
나락에 굴러떨어지겠죠

그렇게 허울뿐인 쓸모없는 허락을
구하는데 생명력을 다 바친 당신은
아무것도 없는 텅 빈 사람이 될 겁니다
그렇게 되길 바랍니다

공허한 자신을 채우기 위해 애쓰지 말고
빈 곳을 찬찬히 살펴보고
그 안에 원래 가득 차 있었던 자유를 찾길 바랍니다

자유의 힘으로 모든 것에 대한 허락을
스스로 내리기 바랍니다

과거의 자신의 모습에 부끄러워 얼굴이 붉어지고
쾌락인지 허락인지 분별하기 어려운 작은 사탕에
숨을 헐떡이며 달려들던 초라한 모습에 분노해
치가 떨리는 순간을 맞이하더라도

모든 것이 무너지는 그 순간을 당신이 견디고 지난다면

텅 빈 당신 안에 원래 가득 차 있던
자유를 만나게 될 겁니다

자유는 당신은 움직이게 할 겁니다
사랑은 당신을 따뜻하게 할 겁니다

행복은 당신을 충만하게 할 겁니다
평화는 당신을 향기롭게 할 겁니다

모든 것이 원래 당신 안에
있었음을 알고 나면

당신은 눈물을 흘리겠죠
아마 그 눈물은
여태껏 흘린 눈물과는 다르게

따뜻하고 향기롭게
당신의 **뺨**을 타고 움직여
당신을 충만하게 할 겁니다

그때 우리는 다시 만나게 될 겁니다

#나이래도될까#그걸왜나한테
#그냥물어보는거야#그니까말하기싫다고
#너랑말안할래#고맙다

할 '수' 있다

불안해하는 자신을 달래는 주문

반드시 통과해야 하는 관문을 앞둔 이가
잡념을 떨치려고 되뇌는 최면

싫은 일을 억지로 해야 하는 이에게 건네는 부적

'할 수 있다'라는 껍질을 가진
'해야만 한다'는 교묘한 포장술의 힘을 빌려
만병통치약으로 둔갑한다
널리 사람들에게 복용 되고
서로에게 권해진다

쉬어야 할 때 발목을 잡는 족쇄가 되고

스스로 옥죄는 올가미가 된다

누군가는 목덜미를 조여 오는 올가미에
숨통이 끊기기 직전, 가까스로 합격점을 넘고

그 신화는 박제가 되어 널리 전해진다

눈치만 보던 '해야만 한다' 는
고개를 빳빳이 쳐들고
망설였던 사람들을 가혹하게 매질한다

'할 수 있다' 는 그렇게 사람을 궁지로 몰아서
괴롭히는 말이 아니다

곤란한 상황이든
유리한 상황이든

"원하는 것을 이뤄낼 방법이 있다"는
객관적인 표현이다

모두가 개성에 상관없이
틀에 박힌 목표를 이뤄내야 한다는
강요는 들어있지 않다

망설이지 말고 무조건
실행에 옮기라는 다그침도 없다

남들 하는 대로 따라 하기만 하면 되는데
왜 어려워하냐는 비아냥도 포함되지 않는다

아주 단순하게
해낼 방법이 존재한다는
자기를 향한 선언일 뿐

굳이 선언일 필요도 없고
작은 읊조림이어도 괜찮다

불가능하다는 생각에 머무르지 말고

방법이 있으니 찾아볼 용기를 가지라는
부드러운 충고이고

중압감과 부담감에 몸부림치고 있다면
불가능하다는 시각을 가지고 있는 것이니
관점의 전환이 필요하다는 뜻이기도 하다

굳이 덧붙이자면,
누군가 해냈다면 가능한 일이니
방법을 찾아보라는 조언이다
그 방법이 나한테 맞는지 아닌지 잘 살펴보라는 말이다

너무 버겁거나 도저히 이해하기 힘든
난해한 방법 말고 내가 해볼 만한
그런 종류의 시도를 찾을 수 있다는
격려라고 여겨도 괜찮다

이쯤 했으면 한마디 해도 될 것 같다
뭔가 시작하려고 하는 나에게

해주고 싶은 말

할 '수' 있어

#철수세미로박박닦았으니#이제잘써보자
#할수있어#잘될거야#믿음직해#유캔두잇

아무 소리도 들리지 않을 때까지

파라

삽이 없으면

손으로라도 파라

걱정하지 마라

손톱에 흙이 파고들어 아플 때쯤

삽으로 쓸만한 돌을 만나게 되고

비아냥거리던 행인들이 모두 제 갈 길로 흩어질 때쯤

생각보다 혼자 있는 게 편하다는 걸 알게 된다

더는 노을과 새싹이

보이지 않아도

불안해할 필요 없다

반드시 다시 볼 날이 돌아올 테니

어둠 속에서 깊이와 넓이가

서로를 부르는 소리에 귀 기울이며

그들의 외침에 기쁜 마음으로 답하라

계속해서 더 내려가라

그 어떤 소리도 들리지 않을 때까지

달빛의 반주에 눈썹이 사각거리는 소리가 들리거든

무거운 손끝을 내려놓고 앉아서 눈을 감아보라

요동치던 맥박이 잦아들고 비로소 내 안에서

작은 새소리가 들릴 때까지 기다려라

그 소리는 매일 들었던 것처럼 익숙하고

처음 듣는 것처럼 신비로울 것이다

어린 새는 작은 움직임에도 움츠러들 수 있으니

그저 귀 기울이며 지켜보라

힘을 얻어 자유롭게 노래할 수 있게 된 새는
어깨에 오르고 주변을 맴돌며
더욱더 세차게 노래하리라

가슴 깃 부푼 작은 새 한 마리는
당신이 애타게 찾던 그곳으로 인도할 것이다

마음속 새의 울음을 듣고 싶다면
그 울음을 따라서 당신이 온 곳으로 되돌아가고 싶다면

그렇다면 파라
지금, 바로 그 자리에서

아무 소리도 들리지 않을 때까지

다시 시작하고 싶다면

깊은 구덩이에 있는 당신은 두려워하고 있지만
쏟아지는 흙은 당신을 해치려는 게 아니에요
이따금 내리는 비 또한 당신을 위한 것일 뿐

당신이 아직 무거운 짐을 내려놓을 생각이 없고
깊은 구덩이 밖으로 나갈 마음이 없다면
오해할 수도 있겠네요

떨어지는 흙이 당신을 매장할지도 모른다고
내리는 비가 당신의 숨통을 막아버릴지도 모른다고

만약 당신이 무거운 짐들과 작별할 수 있고
다시 들판 위로 올라가 노을과 새싹을 보고 싶다면
시원한 바람 오가는 곳에서

다시 시작하고 싶다면

쏟아지는 흙들을
얼굴과 옷에 묻도록 내버려 두며
비관하지 말고

그 흙들이 바닥에 떨어지도록
옆으로 비켜서서 발로 밟아 잘 다져보세요
흙이 쌓인 후
그 위에 내린 비는 땅을
더욱 단단하게 만들어 줄 거에요

반복해서 하다 보면
천천히 흙이 쌓이면
점점 바닥은 올라갈 거에요

혹시 모르죠

흙 속에 섞여온 작은 씨앗들이 종종 풀꽃을 피우며

힘겨운 싸움을 하는 당신을 위로할지도

들판이 가까워져 꽃내음 맡은 당신이 자기도 모르게
있는 힘껏 뛰어오를지도

흙과 비를 내려보낸 누군가가
당신이 올라오길 간절히 바라며
위에서 기다리고 있었을지도

#나좀내버려둬#그게아니라
#가만두라고#잠깐만들어봐
#아쫌#알았어안할게

너한테서는 냄새가 난다

웃기지 마라
너한테서는 냄새가 난다

자유를 획득했다고 너는 스스로 생각할지 모르지만

자유는 얻는 게 아니다
획득한 자유 따윈 언제는 분실할 수 있지

너한테서는
무서워하는 냄새가 난다
당황해하는 모습이 보인다

솔직한 한 발짝을 내딛으려는
나를 막아서는 너에게서

난 의아함을 느낀다

아무도 너한테 나를 책임져 달라고 하지 않았다

난 그저 너라면
자유를 위해 날갯짓을 해본 너라면
내가 하는 걸
이해할 수 있을 거라고 느껴서 말을 걸었을 뿐

하지만 너는 자유에 무슨 공식이 있는 것처럼 말하지

그런 건 없어

자유는 솔직함에서 시작되고
솔직한 모든 것은 힘을 가지지
그 힘은 스스로 권위를 부여하고
그 권위는 내면에서 빛나며 춤춰

내면에서 춤추지 못하는

굳어버린 권위는

춤추는 모습을 흉내 낸 그림

한 번도 춤춰보지 않은 자들의

은밀한 안식처

미숙한 자신의 춤을 드러냈을 때

맞닥뜨려야 할 조롱과 시기를

견디기 힘든 이들이 즐기는

자발적 복종

힘없는 권위를 만들고 즐기는 너희들에게 묻는다

넌 언제 춤추는 걸 멈췄는가

춤추는 그림을 보는 것만으로

넌 정말 만족하는가

혹, 다시 춤추고 싶다면

그렇다면 나와 가자

난 춤을 춘 지 얼마 되지 않았지만

작은 춤사위에서도 위대함을 발견할 줄 알고
너와 함께 그 춤 속으로 뛰어들 용기도 있으니

너도 들어본 적이 있지 않은가
지금 함께 듣는 이 흥겨운 리듬을

너도 사실은 알고 있지 않은가
모두가 신나는 춤을 원하고 있다는
공개된 비밀을

#엔터를무서워하는편집자#아몰랑엔터칠래
#손가락번호강박피아노쌤#내손니손두배잖아

바보라서 미안합니다

잠깐만요, 제 생각에는
사과한다고 바보가 되지는 않는 것 같아요

아니 바보일 리가 없어요
뒤늦게라도 상대방을 이해하고
진즉에 그렇게 하지 못한 짧은 생각을 후련하게 인정하고
반복하지 않을 방법도 찾아낸 다음
그걸 실천할 용기까지 있는 사람이
미안하다고 말하는데
어떻게 바보라는 거죠?

아무리 이야기해도 알아듣지 못하고
알아들어도 지기 싫어서 회피하고
똑같은 일이 생겨도 절대 달라지지 않는데다가

차라리 시원하고 배짱 있게 싫다고도 못하고
빙빙 말 돌리면서 시간 끌다가 사라지는 사람이
바보 아닌가요?

네?
사회생활을 모른다구요?
져주면 기어오른다구요?
가만히 있으면 반이라도 간다구요?
다 그런거라구요?
제가 바보라구요?

하하, 그렇군요
그러면 저는 바보할게요

미안해할 줄 아는 바보
인정할 줄 아는 바보
뒤늦은 알아차림에도 사과할 줄 아는 바보
한 가지 알게 되면 바로 실천하는 바보
사과하는 이를 보고 배울 줄 아는 바보

그런 바보가 많아지면

세상이 살기 좋아질 거라 믿는 엄청난 바보

그렇게 거짓 없이 성장하는 바보가 될래요

바보라서 참말로 미안합니다

#그때로돌아가면#이렇게말할텐데
#찐바보들아#사실은안미안해

아무리 대단한 것이라도

마음에 드는 대단한 것을 만나도
머리에 이고 다니지 마라

그걸 이고 다니는 받침대가 되기를 자처한다면
그것은 서서히 나를 잠식해온다

정확히 알고 충분히 느낀 다음,
그것을 딛고 일어서야 한다
그렇지 않으면 그것은 계속해서 나를 짓누를 뿐이다

나를 짓누르던 그것은
끝내 처음의 빛을 잃고 떠나가거나
회색빛 딱쟁이가 되어 내 머리를 덮어 버린다
숨 막힌 나는 결국 그 딱쟁이를 뜯어내고

결별하게 된다

하지만 내가 그것을 딛고 일어서면
그것과 함께 더 자유로워진다
없었을 때보다 더 많은 일을 한다

만약 그것이 물건이 아니라 사람이라면
함께 즐겁고 편안한 시간을 보낼 수 있게 된다

그게 좋아하는 거고
사랑하는 거다

처음 한 번만 건강한 순환을 이뤄내면
순환은 자연스레 반복되고
서서히 평화로운 관계로 접어들게 된다

길에서 악다구니를 지르고
있는 저 두 사람도 처음부터
서로 구속하지는 않았겠지

단 한 번만

서로가 서로에게 디딤돌이

되어 주었더라면

#길에서싸우면#그냥지나갈수가없다

#멈춰서볼수도없다#궁금하다

#근처카페에들어갈까#소리가안들릴텐데

어린, 젊은, 늙은

어리다는 말에도
젊다는 말에도
늙었다는 말에도
무조건적인 권리는 없다

그런 걸 인정하는 순간
나이에 상관없이 꼰대는 탄생한다

반드시 해야만 하는 의무도 없다

어리기 때문에 아는 것을 실천하는데
책임이 없다고 믿고
젊기 때문에 무조건 실패하거나
고통스러워야 한다고 믿고

늙었기 때문에 모든 것을 알고
모든 것에 답해야 한다고 믿으면

각자 스스로 판 함정에 빠진다
누군가를 함정에 떠밀게 된다

작은 새싹은 여리디여린 잎에
달라붙는 진딧물과 싸워 살아남으려고

제법 자란 나무는
꽃을 피우기 위해 꽃물을 올리려고

이제 바위처럼 단단하고 거대해진
오래된 나무 역시 새잎을 틔우려고

흙과 물에서 양분을 섭취하려고 애쓴다
햇볕을 받기 위해 몸을 더 구부릴 뿐이다
똑같이 비바람과 병충해의 위험에 노출된 채로
꿋꿋이 살아갈 뿐이다.

어린 이

젊은 이

늙은 이

모두 사람일 뿐이다.

처음 겪는 하루를 보내는

도전자일 뿐이다

그저 응원하고

방해되지 않는 선에서

도움을 준다면 족하다

#다양한꼰대#꼰대의반대말은뭘까
#좀어려운데#그냥도전자인가

가마니에 생강을 담아보니

깊은 밤 호올로 책상에 앉아
가마니에 생강을 담아본다

문득
어린 시절 추억에 잠긴다
아, 시발 열차를 타고 조카 집에 놀러갔던
기억이 아련하게 스치고
열라면과 짜장면을
먹었던 기분이 생생우동하게 떠오른다

다시 오지 않을 그 시절을
그리워하며 미련인지 미역인지 헷갈리는
국을 한 사발 들이킨다

몸에 좋나 안 좋나

의심스러운 밀가루와 인공감미료를

뭐가 맛있다고 그렇게 먹어댔는지

앞으로는 단칼에 거절해야겠다고

담았던 생강을 꺼내서 잘근잘근 다져본다

#시야말장난이야#나도해보자

#생각보다재밌네#그래서하는구나

너님과 나님

'너'라고 부르면 왠지 기분 나쁘다
이름에 '님'자를 붙이면 약간 오글거린다

'너님'이라고 부르니 한결 낫다
높인 듯한 높이지 않은 높인 것 같은 이 느낌

캬, 너그러운 개인주의란 이런 게 아닐까?

'나'라고 말하면 뭔가 부족하다
'저'라고 말하면 너무 불리하다
'본인'이라고 불러보니 정치인이 떠오른다
'나님'이라고 말해본다
내릴 듯 말 듯 버티다가 적당히 올리는 이 신묘함

자기애에 빠지지 않은 자존감이란 이런 걸까?

지하철에서 싸우고 있는 저 두 어르신도

딱 그 정도만 서로 존중했다면

무사히 지나치지 않았을까

설마, 하늘에 계신 나님이

쩨쩨하게 기분 나빠 하시진 않겠지?

#흥미진진관전모드#아뿔싸
#내리는역지나쳤네#시라도써볼까

물방울의 카톡

저기요 예술가 양반들
이제 제발 저 좀 그만 내버려 둬요

제가 일부러 바위에 떨어진 건 아니잖아요
그리고 제가 계속 같은 자리에 떨어진 게 아니라
계속 다른 물방울인 건데
너무 억지로 포장하는 거 아닌가요?

누가 들으면 물방울이 의지가 있어서
스스로 돌에 구멍 낸 줄 알겠어요

그냥 나뭇잎이 그쪽으로 나 있어서
타고 내려오다 보니 우연히 그런 거잖아요

바위에 구멍 내고 싶으면
전동드릴 쓰는 게 빠르다는 거 아시잖아요

바위협회에서 민원이 자꾸 들어와서
곤란한데 그런 분위기까지 만드시면 어떻게 합니까

저희는 그저 높은 데서 낮은 데로
흐를 뿐이고 당신들처럼 손발이 있는 게
아니라서 바위를 피할 방법이 없잖아요

어쨌든 저는 분명히 말했습니다
우리가 바위에 구멍을 뚫은 건
어떤 의도도 없고
아무 의미도 없는 우연이니
미화시키지 말아 주세요

그리고 당신들 중 한 명은
말없이 한평생 저희를 그려오고 계신
분이 있는 걸로 아는데

그런 건 얼마든지 좋습니다

있는 그대로 그려 주시니까요

사실 저희보다는 그런 분이 한 우물만 파는 상징으로

더 어울리지 않나 싶어요

네? 그분이 저희 있는 곳으로 출발하셨다고요?

이런, 얼른 돌아가서 손님 맞을 준비를 해야겠네요

그럼 알아들으셨으리라 생각하고

이만 증발합니다

좋은 정보 감사요

빠염

#故김창열화백#편히잠드소서
#힘들때마다#위로를받았네요#또르르

에필로그 : 출간후기

한지은

원고를 완성하는 동안 일종의 짜릿함과 즐거움을 동시에 느낄 수 있었습니다. 다음엔 더 좋을 글을 쓸 수 있을 거라는 자신감은 덤으로 얻은 선물입니다. 멋진 책을 만들어주신 김한솔이님과 과정을 함께 한 아름답고 용감한 네 분의 작가님들께도 감사의 마음을 전합니다.

나수연

일단 시작했으나 글로 이야기를 전한다는 것은 생각보다 어려운 일이었다. 요가를 할 때처럼 글쓰기도 힘을 푸는 것이 힘을 주는 것보다 어려웠다. 기록으로 남겨져 누군가 나의 글을 읽는다고 생각하니 잘 써야 할 것 같은 부담감에 힘이 들어갔다. 힘을 푼다고 풀어봤지만 얼마나 풀어졌는지는 모르겠다. 글을 쓰는 것이 익숙해지면 조금 더 편하게 이야기를 전할 수 있지 않을까? 더 많은 이야기를 함께 나눠보고 싶다. 앞으로 그런 작가로 성장해가길 소망해본다.

햇볕냄새

오래전부터 글을 써보겠다는 마음은 있었으나 끝까지 밀고 나갈 힘이 부족했다. 게으름 탓이기도 하고 자신감도 부족했다. 다른 사람들과 함께 책을 쓰는 작업은 무언의 강제력이 작동하여 게으름이라는 적을 막아주었고, 그 속에서 우리는 서로를 응원하며 힘이 되어 주었다. 처음 만난 다섯 사람이 함께 책을 쓰며 서로의 이야기에 공감하게 된 것은 놀랍고 즐거운 일이었다. 우리는 모두 다르면서도 어딘가 닮아있었다. 이 글을 쓰고 고치는 과정에서 나는 진짜 하고 싶었던 이야기를 조금씩 찾았고, 내 안의 무언가가 씻겨 내려가는 듯한 후련함을 느꼈다. 나에게 글쓰기는 한 인간이 지닌 삶의 이야기를 애정 어린 눈으로 볼 수 있게 만들어주는 가장 좋은 길이다. 이 책을 읽게 될 누군가도 자신과 다른 사람의 삶을 그런 눈길로 바라볼 수 있다면 쓰는 과정에서 느꼈던 불안과 부끄러움은 기쁘게 받아들일 수 있을 것이다.

최시은

불편한 진실 앞에 한번 더 변명과 화해의 기회가 주어지는 과정이었다. 우리가 던진 돌에 맞아 아팠을 개들, 무심한 척하셨지만 쓴 뿌리를 씹는 듯한 세월을 살아내신 부모님, 내 편인 듯 내 편 아닌 듯한 남편 예쁜 두 딸과 귀여운 라떼에게 전해주려고, 오래 묻어둔 말을 꺼내어 반짝 윤이 나도록 닦았다. '미안하고 고맙다.' 는 일곱 글자를!

황아슬

인생의 중간지점. 걸어온 궤적을 하나하나 추적해 보니 자신을 가지고 선택한 적이 별로 없었다. 확신이 없어서 주저했고 너무 무서워서 눈을 감고 무작정 돌진하기도 했다. 순진한 믿음에 기대서 내린 결정에 후회하기도 여러 번. 자포자기한 상태로 흘러온 시간도 있었다.

인생의 후반전을 데칼코마니처럼 똑같이 찍어내기 싫었다. 그래서 알아야 했다. 다시 그 순간으로 돌아가도 실수를 반복하지 않을 정도로 확실한 이유를. 그래야 미래를 두려워하지 않고 과거를 따뜻하게 추억할 수 있을 거라 믿었다.

이 책은 그 과정에서 만난 나의 생각들이고 그 누구의 간섭도 배제하기 위한 나의 몸부림이자 처음으로 귀 기울여본 솔직한 나의 목소리이다.